Xavier Bayon

Depuis plus de trente ans, Xavier Bayon est un spécialiste reconnu de l'assurance de personnes.

Il a débuté sa carrière en créant une agence générale, puis a occupé des fonctions de management commercial et de formation au sein de plusieurs grands groupes d'assurance français et européens.

Parallèlement à son activité dans un groupe international de bancassurance, il a fondé en 2010 un organisme de formation professionnelle continue pour adultes, abordant tous les aspects de l'assurance de personnes ainsi que de l'épargne en entreprise.

Depuis fin 2016, il se consacre exclusivement à ses activités de conseil et de formation.

ÉGALEMENT CHEZ BOOKS ON DEMAND

LE PACTE DE LA VIE, DERNIÈRE CLAUSE BÉNÉFICIAIRE

HUMANISME LÉTAL EN TERRE GOURMANDE

XAVIER BAYON

HUMANISME LÉTAL EN TERRE GOURMANDE

ROMAN

En application de l'art. L.137-2.-I. du code de la propriété intellectuelle, toute reproduction et/ou divulgation de parties de l'œuvre dépassant le volume prévu par la loi est expressément interdite.

© Xavier Bayon, 2025

Édition : BoD · Books on Demand,
31 avenue Saint-Rémy, 57600 Forbach, bod@bod.fr
Impression : Libri Plureos GmbH, Friedensallee 273, 22763 Hambourg (Allemagne)

ISBN : 978-2-3225-5624-3
Dépôt légal : février 2025

Loi n° 49-956 du 16 juillet 1949 sur les publications destinées à la jeunesse, modifiée par la loi n° 2011 - 525 du 17 mai 2011.

« New York n'est pas la création des hommes, mais celle des assureurs. Sans les assurances, il n'y aurait pas de gratte-ciel, car aucun ouvrier n'accepterait de travailler à une pareille hauteur, en risquant de faire une chute mortelle et de laisser sa famille dans la misère. »

Henry Ford

LES PERSONNAGES PRINCIPAUX

Nom : Alexandre DEBRONZE
Âge : 42 ans
Profession : Inspecteur d'assurance de personnes spécialisé en fraude
Habite à Rambouillet dans le sud des Yvelines.
Parcours professionnel :
Formation : Diplômé en droit et criminologie de l'Université de Paris 8, en collaboration avec l'Institut Médico-légal
Expérience : Plus de 17 ans d'expérience dans le domaine des assurances, avec une spécialisation en détection de fraudes en assurance de personnes depuis 10 ans. Il a travaillé pour plusieurs grandes compagnies d'assurance avant de rejoindre son employeur actuel, une entreprise renommée dans le secteur. Il est réserviste opérationnel dans la Police nationale auprès de la Préfecture de Police avec le grade de capitaine.
Compétences : Alexandre est connu pour sa capacité à analyser des situations complexes et à déduire des conclusions précises.
Citation favorite :
"Dans le monde des assurances, je suis le détective qui transforme les arnaques en échecs et fait expédier les fraudeurs en prison ."

Nom : Bérengère NOAILLES
Âge : 35 ans
Profession : Analyste en fraude d'assurance et hacker éthique à ses heures perdues
Habite à Paris XIVème près du parc Montsouris.
Parcours professionnel :
Formation : Diplômée en finance et informatique de l'Université de Lyon 1.
Expérience : 10 ans d'expérience en tant qu'analyste en fraude d'assurance. Elle a travaillé dans plusieurs compagnies d'assurance et a une expertise particulière en analyse de données et en cybersécurité.
Compétences : Bérengère excelle dans l'analyse de grandes quantités de données pour repérer des schémas de fraude.
Citation favorite :
"La technologie est un outil puissant, mais c'est l'esprit humain qui fait la différence. »

Nom : Sandra LECLERC
Âge : 58 ans
Profession : Journaliste d'investigation dans la presse écrite
Habite à Conflans-Sainte-Honorine dans le nord des Yvelines.
Parcours professionnel :
Formation : Licence en journalisme à l'Université Paris-Diderot, puis Master en journalisme d'investigation à l'Ecole de journalisme de Sciences Po.
Expérience : Journaliste junior au magazine Le Point, puis journaliste d'investigation au Figaro ; actuellement chez Enquête & Vérité.
Compétences : Sandra a le talent pour développer un vaste réseau de sources fiables dans tous les secteurs.
Citation favorite :
"Dans l'ombre des secrets, la plume de la vérité trace des chemins que peu osent emprunter."

Nom : Bernard TRINQUIER
Âge : 52 ans
Profession : Ancien commissaire de police à Neuilly-sur-Seine, Conseiller spécial du ministre de l'Intérieur avec le grade de Commissaire général
Habite à Vincennes, dans le Val-de-Marne
Parcours professionnel :
Formation : École Nationale Supérieure de la Police à Cannes-Écluse puis ENSP de Saint- Cyr-au-Mont-d'Or
Expérience : Toute sa carrière s'est déroulée dans le périmètre policier de Paris et de l'Ile-de-France
Compétences : Direction et encadrement d'un service et des équipes, détermination des actions à mettre en place et fixation des objectifs notamment
Citation favorite :
"Le crime ne dort jamais, et nous non plus Chaque indice compte, chaque minute est précieuse."

Nom : Maxime CARON
Âge : 63 ans
Profession : Président-Directeur Général de la compagnie *La Protection Financière Française*
Habite à Ville-d'Avray dans les Hauts-de-Seine.
Parcours professionnel :
Formation : HEC Paris à Jouy-en-Josas, École Supérieure de l'Assurance à Paris
Expérience .A intégré l'entreprise familiale depuis ses 25 ans et a gravi tous les échelons jusqu'à maintenant
Compétences :En tant que Président du conseil d'administration il supervise l'établissement des grandes orientations dans la direction de la société, comme Directeur général il assure la direction opérationnelle de la société
Citation favorite :
"La confiance de nos clients est notre plus grande réussite. Nous travaillons sans relâche pour la mériter."

Nom : Patxi ZABALETA
Âge : 45 ans
Profession : restaurateur, gérant du bar-brasserie *Chez Camet*
Habite à Joinville-le-Pont dans le Val-de-Marne
Parcours professionnel : A débuté chez Philippe Ibarboure , *Les Frères Ibarboure*
Formation : Lycée hôtelier de Biarritz, BAC et BTS cuisine
Expérience .L'Auberge Basque à Saint Pée-sur-Nivelle
Compétences : Meilleur Ouvrier de France en cuisine, spécialiste de la gastronomie basque
Citation favorite :
"Dans chaque plat, il y a une histoire, et dans chaque histoire, il y a une âme. C'est ainsi que la cuisine basque trouve sa place à Paris."

… UN DOSSIER TROUBLANT

Le bureau de Maxime Caron, P-DG de La Protection Financière Française, offre une vue imprenable sur les toits en zinc de Paris. Mais ce jour-là, Alexandre Debronze n'avait d'yeux que pour les documents que manipulait son patron, un épais dossier à la couverture rouge Maxime Caron avait une expression inhabituellement grave.

"Alexandre, ce que je vais vous confier est... délicat", a commencé Caron en remontant ses lunettes sur son front. "Notre service de contrôle interne a détecté une anomalie statistique troublante dans le Sud-Ouest. Trop de contrats d'assurance-vie et de temporaire décès sont liquidés au profit d'une ... disons, organisation. "

"Quel type d'organisation ?" demanda Alexandre, intrigué.

«La franc-maçonnerie», répondit Caron à voix basse. "Plus précisément, la loge.« L'ordre des Sept Étoiles »à Bayonne, qui appartient à l'obédience « L'Alliance Humaniste Universelle » lut-il sur le premier formulaire. Sur les cinquante derniers décès dans la région, treize ont désigné comme bénéficiaire cette loge. Va-t-on se trouver devant une situation étrange qui rappellerait l'affaire des Anges de l'Espoir (cf. *Le pacte de la vie : dernière clause bénéficiaire*) ? Décidément..." "

Alexandre passa une main dans ses cheveux poivre et sel. À quarante-deux ans, il avait vu suffisamment d'arnaques pour savoir que les coïncidences, dans son métier, n'existaient pas.

"Vous pensez à une manipulation des contrats ?"

"Je ne pense rien, je veux des preuves. C'est pour ça que je vous envoie là-bas. Votre couverture sera celle d'un audit classique des agences locales."

"Combien de temps ?"

"Le temps qu'il faille. » Caron se pencha en avant. "L'un des défunts était un ancien député radical-démocrate et ancien secrétaire d'état au tourisme sous Hollande. Un homme influent, mais qui lui n'était bénéficiaire d'aucun contrat. Il était lié à plusieurs projets immobiliers controversés. Les journaux en ont parlé." Bernard Trinquier m'a appelé ce matin. Vous comprenez, dès que cela touche de près ou de loin la politique, l'Intérieur s'y intéresse "

Alexandre releva la tête. Son ami Bernard, devenu conseiller spécial au ministère de l'Intérieur, ne s'impliquait jamais sans raison. Après le commissariat de Neuilly-sur-Seine, il avait eu une promotion éclair comme Commissaire général détaché au 11 place Beauvau dans le huitième arrondissement de Paris. Le Graal dans le Saint des Saints !

« Sur place, vous allez découvrir le secteur."

Alexandre acquiesça, son esprit dérivant vers Bérengère Noailles. Sa collègue analyste en fraude d'assurance et hackeuse éthique était originaire de Bayonne. Descendue dans l'agence locale de La Protection Financière Française depuis deux ans pour assister quotidiennement son père malade, ils ne s'étaient pas revus depuis leur dernière affaire, mais il pensait encore souvent à elle (cf. *Le pacte de la vie : dernière clause bénéficiaire*). Elle avait néanmoins conservé son appartement près du parc Montsouris, car elle en était propriétaire. Sa résidence secondaire de fait.

"Je pars quand ?"

"Demain matin. Passez-voir mon assistante qui vous a réservé une place en 1ère dans le TGV. Vous avez carte blanche, notamment pour vos frais ! Vous me rendrez compte quotidiennement. Mais d'abord, allez voir Patxi, chez Camet. Il connaît parfaitement le milieu basque, il pourra peut-être vous donner quelques tuyaux."

Une heure plus tard, Alexandre poussait la porte du restaurant Chez Camet, dans le 9ème arrondissement. L'odeur de piment d'Espelette et de jambon de Bayonne lui rappela instantanément ses souvenirs du Sud-Ouest. Patxi, grand gaillard à la moustache et au bouc taillés de près, l'accueillit avec une accolade chaleureuse. Il remontait tout juste de ses caves voûtées, qu'il préparait en vue de les privatiser pour un groupe associatif.

"Alexandre ! Ça fait une éternité !" Il se tourna vers la cuisine. "Maddi ! Regarde qui nous rend visite !"

Son épouse sortit de la cuisine, essuyant ses mains sur son tablier. "Tu tombes bien, j'ai justement préparé un ttoro comme tu les aimes. J'y ai tout mis : les rougets, les rascasses, la queue de lotte, le merlu, les grosses moules, les langoustines, les tomates mûres, le poivron rouge, un gros oignon, des gousses d'ail, des piments frais, un bouquet garni, de l'huile d'olive, du vin blanc sec et pour finir... une pincée de piment d'Espelette, accompagnée de sel et de poivre ! Tu vois, une véritable soupe de poisson digne de ce nom. Je l'ai d'ailleurs appelée impératrice Eugénie, elle qui l'appréciait tant."
Installé à sa table habituelle, devant un verre de Jurançon sec, Alexandre savoura la soupe pendant que Patxi s'asseyait avec lui.
"Alors, qu'est-ce qui t'amène aujourd'hui ?" demanda le restaurateur.
"Une enquête." Alexandre hésita avant d'ajouter : "Tu connais la loge L'ordre des Sept Étoiles à Bayonne ? »
Le visage de Patxi se ferma imperceptiblement. "Fais attention à toi, Alexandre. Ces gens-là... ils ont des connexions partout. Dans la politique, les affaires, la justice, l'international..."
"Tu sais quelque chose ?"
"Rien de précis. Mais à Bayonne, tout le monde sait qu'il ne faut pas se mêler de leurs affaires." Il baissa la voix. "Il y a eu des morts suspectes, ces dernières années. Classées sans suite."
Alexandre nota mentalement l'information. Cette enquête s'annonçait plus complexe que prévu.
"Tu vas voir Bérengère ?" demanda soudain Patxi avec un sourire entendu.
Alexandre sentit son cœur manquer un battement. "Sans doute, si l'enquête m'y conduit..."
"Elle vient souvent ici quand elle est à Paris." Patxi se leva. "Faites attention à vous deux."

Plus tard dans la soirée Alexandre appela Bernard Trinquier.
« Bonsoir l'ami, comment vas-tu ? »
« En pleine forme et toi ? Que me vaut le plaisir de ton appel ? »

« Je vais bien moi aussi. Félicitations pour ta promotion et ton poste prestigieux à Beauvau. Ça s'est fait comment ? »

« Juste après le départ à la retraite du DGPN Frédéric Veaux, il y a eu la nomination de Louis Laugier comme nouveau Directeur Général de la Police Nationale. Et dans la foulée, j'ai été promu puis projeté dans les locaux de la maison Poulaga ! »

« Tu as contacté mon boss à propos de morts bizarres dans le *cassoulet land* et qui profiteraient à une société secrète. »

« Société discrète Alexandre, pas secrète. Je t'ai confié, il y a longtemps, que j'étais moi-même franc-maçon à la Grande Loge de France, rue Puteaux, dans le dix-septième arrondissement de Paris. Que veux-tu savoir ? »

« Justement, je ne connais rien au monde philosophico-humanisto-occulte de la maçonnerie. Peux-tu m'éclairer avant mon départ demain vers Bayonne ? »

« Avec plaisir. Pour ce soir, je te propose une approche générale. Pendant ton séjour dans le Sud-Ouest, j'approfondirai mon propos autour de la loge « L'Ordre des Sept Étoiles » et son obédience « L'Alliance Humaniste Universelle. » lors d'une visioconférence sur *Teams*. Cela te convient ?

« C'est parfait. Je vais prendre des notes que je relirai pendant mon voyage de 3h59. Enfin, si tout va bien... Je t'écoute. »

« C'est parti. Je commence par la partie officielle la plus représentative, qui concerne la presque totalité des maçons et des maçonnes. Pour les aspects et les adeptes moins reluisants, je t'expliquerai tout ça lors de notre Visio ,car dans toute assemblée humaine il y a hélas des moutons noirs.

Le terme franc-maçonnerie désigne un ensemble d'espaces de sociabilité sélectifs qui recrutent leurs membres par cooptation et pratiquent des rites initiatiques se référant à un secret maçonnique et à l'art de bâtir. Formée de phénomènes historiques et sociaux très divers, elle semble apparaître en 1598 en Écosse, puis en Angleterre à la fin du XVIIe siècle où elle est contemporaine de l'essor des sociétés amicales.

Elle se décrit, suivant les époques, les pays et les formes, comme une « association essentiellement philosophique et philanthropique », comme un « système de morale illustré par des symboles » ou comme un « ordre initiatique ». Organisée en obédiences depuis 1717 à Londres, la franc-maçonnerie dite « spéculative » — c'est-à-dire philosophique — fait référence aux Anciens devoirs de la « maçonnerie » dite « opérative » anglaise formée par les corporations de bâtisseurs. Elle puise ses sources dans un ensemble de textes fondateurs rédigés entre les XIVe et XVIIIe siècles. Dans le contexte de la franc-maçonnerie, une obédience se réfère à un regroupement de loges maçonniques qui fonctionne sous une forme fédérative.

Elle prodigue un enseignement progressif à l'aide de symboles et de rituels. Elle encourage ses membres à œuvrer pour le progrès de l'humanité, tout en laissant à chacun le soin d'interpréter ses textes. Sa vocation se veut universelle, bien que ses pratiques et ses modes d'organisation soient extrêmement variables selon les pays et les époques. Elle s'est structurée au fil des siècles autour d'un grand nombre de rites et de traditions, ce qui a entraîné la création d'une multitude d'obédiences, qui ne se reconnaissent pas toutes entre elles. Elle a toujours fait l'objet de nombreuses critiques et dénonciations, aux motifs très variables, dont l'orientation et l'influence politique, selon les époques et les pays. Tu suis ? »

« Oui Bernard. Comme tu ne vas pas trop vite, j'ai le temps de noter. Tu peux continuer. »

« Certains chercheurs définissent cinq grands types de franc-maçonneries, différentes en principe malgré l'existence de nombreux cas intermédiaires :

- Une franc-maçonnerie « ésotérique », mettant l'accent sur le processus initiatique censé faire passer le membre des « ténèbres » extérieures à une « illumination » intérieure. Ce type de franc-maçonnerie se retrouve plutôt sur le continent européen, notamment dans leurs « hauts grades maçonniques ».

- Une franc-maçonnerie « chrétienne » qui se conçoit comme un approfondissement de la spiritualité chrétienne. C'est le cas notamment du Rite suédois et des obédiences scandinaves ou allemandes qui n'acceptent ou n'ont longtemps accepté que des membres chrétiens, le plus souvent protestants.

- Une franc-maçonnerie de type « ancien anglo-saxon » qui considère que le but de la franc-maçonnerie est l'éducation morale et civique de ses adeptes. Ce type de franc-maçonnerie la définit habituellement comme un « système particulier de morale, enseignée sous le voile de l'allégorie au moyen de symboles ». Elle s'interdit toute discussion politique ou religieuse et exigeait habituellement de ses membres, jusqu'à la fin du XXe siècle, qu'ils appartiennent à une religion monothéiste. Ce type de franc-maçonnerie est extrêmement majoritaire en Amérique du Nord et dans les pays du Commonwealth.

- Une franc-maçonnerie « moderne, libérale et symbolique », qui se réfère à la première version des Constitutions d'Anderson en 1723 et « se réclame à la fois d'une tradition et du progrès, d'une forte pratique symbolique et d'une réflexion civique et morale ». Elle est surtout présente en Europe continentale et en Amérique latine.

- Une franc-maçonnerie « agnostique », qui affirme que les conceptions métaphysiques et religieuses des candidats n'ont pas à être prises en compte pour l'admission et qui travaille principalement à l'instauration d'une société meilleure en autorisant dans les loges les discussions politiques. Le plus souvent mixte, elle est majoritaire en France et très présente dans le reste de l'Europe continentale. Tu es toujours là ? »

« Oui, c'est dense mais intéressant. »

« Alors je termine. Les loges maçonniques existaient bien avant les obédiences. Elles seules disposent du pouvoir d'initier de nouveaux membres. Une loge regroupe typiquement une quarantaine de francs-maçons actifs se réunissant en moyenne deux fois par mois, bien qu'il existe parfois quelques loges particulières dont l'effectif peut se chiffrer à plusieurs centaines, avec une fréquence de réunion différente. En général, chaque loge reste libre du choix de son président, le « vénérable », qu'elle élit chaque année, des sujets que ses membres

souhaitent étudier, ainsi que des éventuelles actions extérieures, caritatives ou sociétales, qu'elle souhaite mener. »
« Merci Bernard. Je n'aurai pas le temps de somnoler dans mon TGV ! »
« Tout à fait. Bon voyage et bonne enquête. A ces jours-ci. »

AU PAYS GOURMAND

Gare Montparnasse-6h50. Alexandre repéra le quai où se trouvait son TGV INOUI n° 8531 qui l'attendait et prit place comme convenu en 1ère classe. Il bénéficia d'un siège solo, pratique pour travailler tranquillement et discrètement.

7h04 pile, le train se mit en marche. Quelle chance qu'on ne soit pas à la période récurrente des grèves de Noël ou des grands départs des vacances d'été Un miracle, pensa Alexandre...

Ce dernier mémorisa immédiatement les notes recueillies durant l'entretien téléphonique avec Bernard. À l'arrivée, il se sentirait bien imprégné du sujet. Le TGV filait à travers les Landes, son ronronnement régulier berçant les passagers matinaux. Alexandre contempla par la suite le paysage qui défilait : pins maritimes à perte de vue, puis progressivement, les premières collines du Pays basque. Le soleil d'octobre donnait aux prairies des teintes dorées, ponctuées çà et là par le blanc des fermes traditionnelles aux volets rouges.

Son téléphone vibra. Un message de Bernard Trinquier : "Contact établi avec le commissaire Echeverria à Bayonne. Homme de confiance. Il t'attend demain à 14h."

11h03, terminus Bayonne. La gare était située place Pereire. En sortant, Alexandre ne put s'empêcher de se retourner pour regarder le bâtiment. Il fut mis en service au départ en 1855 par la Compagnie des chemins de fer du Midi et du Canal latéral à la Garonne. Succédant à l'édifice provisoire en bois et métal, la gare actuelle, bâtie au début du XXème siècle, est un beau monument massif en pierre blonde, comportant une tour horloge à cadran unique et un hall à arcades, de style plus imposant, très inspiré de celui de la gare de Lyon à Paris.

Avant de rejoindre les locaux bayonnais de la compagnie, il s'installa à la terrasse du restaurant Korail, qui est attenant à la gare, pour un repas frugal. La gastronomie attendra un peu. Mais pas le chocolat, son péché mignon ! Car les Juifs ayant quitté le Portugal et l'Espagne durant l'Inquisition l'apportèrent avec eux, ainsi que la recette de sa préparation. Dès la fin de la journée, il s'en procurerait dans la boutique *Monsieur Txokola* située au 11 rue Jacques Laffite. Les maîtres chocolatiers des lieux faisaient partie des rares chocolatiers français à travailler depuis la fève de cacao. Leurs délicieuses tablettes étaient fabriquées chaque jour dans leur laboratoire . Torréfiées, broyées, affinées, puis conchées minimum 48 heures, les fèves feraient le bonheur de nombreux amateurs une fois le produit fini. Gare à la crise de foie !

De sa place, il devinait la présence du fleuve de la cité, l'Adour. D'un regard circulaire, il apprécia la vue. À la fois ville du sud et de l'ouest, basque et gasconne, ville fluviale ouverte sur l'océan et ville confluence traversée par deux cours d'eau, Bayonne témoigne d'un exceptionnel patrimoine architectural. Depuis le camp romain dont les contours ont longtemps fixé les limites de la ville, les fortifications se sont succédé au fil des siècles. Trois forteresses rappellent un moment décisif de l'histoire de la ville : le Château-Vieux dans le Grand Bayonne, le Château-Neuf dans le Petit Bayonne et la Citadelle du quartier Saint-Esprit. Son centre avec ses ruelles pittoresques, sa gastronomie basque réputée, son offre culturelle et ses festivités en font une destination courue où l'art de vivre est partout.

Alexandre se remémora que c'est à Bayonne que l'affaire Stavisky débuta dans le scandale qui toucha le Crédit municipal de la ville, avec ses milliers de faux bons émis par l'établissement, et fit vaciller la IIIème république. Un mélange d'escroqueries élaborées par des notables de la ville et à Paris, de politiciens radicaux compromis et d'une certaine franc-maçonnerie affairiste. Copains et coquins...Tout cela aboutit à l'émeute du 6 février 1934. Son déplacement pour enquête conduira-t'il à une nouvelle affaire de ce genre, avec les implications et les conséquences redoutées?

Son esprit se détourna vers ses amis Jo et Brigitte qui habitaient Villefranque, à dix kilomètres de Bayonne où ils étaient négociants en vin. Après des années sans se voir ni se contacter, le fil affectif n'avait pas été rompu et il comptait bien profiter de son séjour dans la région pour aller les voir. Comme lui, ils étaient originaires d'Ile-de-France.

Alexandre traversa le pont sur l'Adour pour accéder à l'antenne locale de la compagnie. Les bureaux se trouvaient face à l'arrière de la mairie , avenue Léon Bonnat. De plain-pied, comme une boutique, ils étaient jouxtés d'un grand parking.
Aurora, la fidèle assistante bayonnaise depuis vingt-huit ans, une des mémoires de l'entreprise, l'accueillit à bras ouverts
« Agur, Alexandre. Tu ne changes pas ! Toujours un physique de jeune premier . Comment vas-tu ? »
« Quand je te vois, je suis au top ! »
« Toujours aussi flatteur... »
« Tu sais ce qui m'amène ? »
« Oui, l'assistante de monsieur Caron m'a mise dans la confidence. Au fait, Bérengère est en mission d'inspection dans le pays pour deux jours. Tu la verras plus tard donc. Pas trop déçu ? » lui signifia t'elle l'œil malicieux.
« Non, j'ai de quoi faire en attendant, aussi bien à titre professionnel que privé à la marge. Tu as pu me réserver une chambre quelque part ? »
« Oui, et tu es gâté. C'est l'hôtel Villa Koegui. Un quatre étoiles de luxe situé au 7 rue Frédéric Bastiat. La Direction m'a dit de ne pas mégoter. Tu vas être dans un nid douillet. »
« A l'heure des restrictions budgétaires tous azimuts, j'apprécie. »

Alexandre prit congé d'Aurora et se dirigea vers l'hôtel. Si celui-ci était particulièrement sobre extérieurement, tel un cube blanc et marron, il en était tout autre à l'intérieur. Son propriétaire, le *jaun* en basque, Guy Néplaz, avait voulu un lieu à la hauteur du patrimoine de la ville et de son art de vivre. Il avait fait graver son nom au-dessus de la porte de l'édifice, l'*exte*, et scellé dans le mur la date et l'acte de naissance de la Villa

Koegui en 2018. Comme chacun sait, l'avenir prend racine dans le terreau de l'histoire et du territoire. Alexandre comptait étudier le dossier remis par Maxime Caron jusqu'au soir. Bien que doté d'un restaurant, au décor un peu impersonnel, Le Carré, Alexandre décida qu'il irait dîner à quelques centaines de mètres au Bistro Itsaski. Cet établissement de bonne réputation pratiquait la bistronomie, concept nouveau pour lui.

Le commissariat de Bayonne, bâtiment moderne détonnant au milieu des façades anciennes, accueillit Alexandre en début d'après-midi le lendemain. Le commissaire Echeverria, un homme trapu d'une cinquantaine d'années au visage marqué par le soleil (un brin rougeaud, pensa Alexandre), l'attendait dans son bureau.
"Bernard m'a parlé de votre enquête," commença-t-il en servant deux cafés. "
« L'Ordre des Sept Étoiles, de l'obédience L'Alliance Humaniste Universelle... Vous ne cherchez pas la facilité."
Le bureau, spartiate, n'avait comme seule décoration qu'une photo du commissaire en tenue de pelotari, devant le fronton de Saint-Jean-de-Luz.
"Vous les connaissez bien ?" demanda Alexandre en acceptant le café.
"Ici, tout le monde les connaît. Mais personne n'en parle." Echeverria se pencha en avant. "Écoutez, ce que je vais vous dire doit rester entre nous. L'année dernière, nous avons eu une affaire étrange. Un promoteur immobilier, Maurice Daguerre, est mort dans un accident de voiture. Il siégeait au sein de la commission d'urbanisme de la ville Simple sortie de route selon le rapport officiel, il était seul au volant. Mais deux semaines avant, il était venu me voir. Il voulait déposer une plainte pour chantage."
"Quel rapport avec la loge ?"
"Il n'a jamais déposé la plainte. Le lendemain, son fils a obtenu un marché public important pour la rénovation du quartier

Saint-Esprit. Et deux mois plus tard, Daguerre modifiait son assurance décès en faveur de la loge de Jean-Michel Darricau."
Alexandre nota mentalement le nom. "Le vénérable maître ?"
"Lui-même. Architecte de profession, président de la chambre de commerce, et accessoirement cousin par alliance du maire de Biarritz, Robert Lartéguy. Bernard Trinquier m'a appelé de Beauvau, comme vous le savez, à propos des treize décès suspects de cette année, tous clients de votre compagnie d'assurance. Pour nos services, il s'agissait de décès naturels. Nous allons bien entendu nous rapprocher de la mairie de Bayonne afin de demander leur exhumation et nous livrer à des examens approfondis grâce aux unités scientifiques. Un ordre du ministère de l'Intérieur ne saurait attendre !"
La conversation fut interrompue par l'arrivée d'un jeune policier. "Commissaire, on a du nouveau sur l'incendie de l'Atelier des Archives."
Echeverria se leva. "Désolé, je dois y aller. Mais si vous voulez mon conseil, commencez par rencontrer Maître Etchegaray. C'est le notaire qui a géré la plupart des modifications des contrats d'assurance-vie et de prévoyance décès."

Le cabinet de Maître Etchegaray occupait un hôtel particulier du XVIIIe siècle, sur le quai des Corsaires. La bâtisse, témoin de l'âge d'or du commerce maritime bayonnais, imposait le respect avec ses pierres dorées et ses balcons en fer forgé.
Alexandre avait choisi de déjeuner avant l'entretien au Bistrot Sainte-Cluque, une institution locale. La serveuse, Maylis, lui avait conseillé le merlu koskera, préparé selon la recette traditionnelle avec des palourdes et des asperges du Blayais. La sauce au txakoli parfumait délicatement le poisson, pendant qu'il révisait ses notes.
À quinze heures précises, il gravit les marches usées menant au bureau du notaire. La salle d'attente, avec ses boiseries anciennes et ses fauteuils Louis XVI, respirait la tradition et le pouvoir.

"Maître Etchegaray vous attend," annonça la secrétaire, dont le tailleur strict contrastait avec l'accent chantant.

Etchegaray se tenait debout près de la fenêtre, contemplant l'Adour. Grand, élégant, droit malgré ses soixante-dix ans passés, il se retourna avec un sourire étudié.

"Monsieur Debronze, que nous vaut le plaisir de votre visite ?"

"Une simple vérification de routine sur certains contrats d'assurance-vie et d'assurance décès."

Le notaire sourit, mais ses yeux restèrent froids. "Vous savez, ici, tout le monde se connaît. Les liens fraternels sont naturels."

"Justement, parlons de ces liens. Le nom de Jean-Michel Darricau vous dit quelque chose ?"

Un infime tressaillement agita la paupière droite d'Etchegaray. "Bien sûr. Un ami personnel et un homme respecté dans notre région."

« Si vous le dites... Néanmoins, treize membres de la Fraternelle des Entrepreneurs Philanthropes sont morts en peu de mois. Etonnant, non ? Fraternelle dont vous faites également partie. Encore plus étonnant, ils appartenaient tous à la même loge que vous, à savoir L'Ordre des Sept Etoiles...Qui plus est, les victimes faisaient elles aussi partie de la loge. Ahurissant à la fin ! Simples coïncidences selon vous ? Drôles de rapports fraternels parmi vos *paroissiens*, vous ne trouvez pas ? Frères à la vie et à...la mort.»

Le front d'Etchegaray se perla de gouttes de sueur et il s'agrippa à l'angle de son bureau, manifestement ébranlé par les coups de boutoir d'Alexandre.

« Sans doute un malheureux concours de circonstances. La fraternité matérielle entre frères n'est pas interdite que je sache. Vos propos sont diffamatoires ! » dit-il en se redressant, essayant de retrouver sa superbe.

Alexandre, narquois « Ben voyons. Avec un tel degré de mortalité ? Seriez-vous naïf où me prendriez-vous pour tel ? Maître, nous allons nous revoir très bientôt, n'en doutez pas ! Sur ce, je vous salue. »

Alexandre tourna les talons et sortit de l'étude avec le sentiment jouissif d'avoir jeté une grenade dégoupillée au milieu du poulailler. Les caquetages et les jacassements allaient suivre.

Après sa visite auprès de maître Etchegaray, Alexandre fut appelé par le commissaire qui lui demanda de le rejoindre sur les lieux du sinistre des archives. L'Atelier des Archives, un bâtiment municipal du début du XXe siècle, portait encore les stigmates de l'incendie récent. Alexandre marchait aux côtés du commissaire Echeverria, leurs pas résonnant sur les dalles noircies.
"Ce n'est pas un accident," affirma Echeverria. "Trop de précision dans la destruction."
Les murs calcinés révélaient des étagères métalliques tordues, des liasses de documents transformées en cendres informes. Un expert en médecine légale examinait méticuleusement les restes.
"Qu'est-ce qui a disparu exactement ?" demanda Alexandre.
"Des registres de transactions immobilières concernant la période 2010-2015. Et quelques dossiers de successions. Mais ce qu'ignoraient les incendiaires, c'est que les originaux se trouvent encore à la bibliothèque de la ville en sécurité. Concomitance avec votre enquête sur les assurances-vie ?"
"Trop gros pour être un hasard," répondit Alexandre.

Le soir venu, Alexandre contacta Sandra Leclerc (cf. *Le pacte de la vie : dernière clause bénéficiaire*) et lui fixa un rendez-vous téléphonique pour le lendemain matin. Après avoir bien dîné au bistro Itsaski, il s'installa dans sa chambre, face à son micro-ordinateur dans l'attente de l'échange en visio avec Bernard Trinquier.
Pile à l'heure, celui-ci apparut sur l'écran du pc.
« Bonsoir Alexandre, en forme ? Tu m'entends bien, l'image est bonne ?»
« Parfait Bernard, et toi ? »
« Aussi, mais des tonnes de boulot. »

« Avec un poste prestigieux, il faut accepter quelques sacrifices. On commence ? »

« Oui, mais avant, pour ma gouverne, j'aimerais définitivement comprendre la différence entre une assurance vie en cas de décès et une assurance temporaire décès. Il y a bien une différence ou je me trompe ? »

« Non, il y a bien une différence, et de taille. Je t'explique ça le plus simplement possible.

L'assurance vie est une solution d'épargne à long terme. Le titulaire du contrat verse des primes, et ces sommes sont investies par l'assureur. L'assurance vie présente deux fonctions principales : une épargne qui fructifie et une protection financière pour les bénéficiaires en cas de décès du souscripteur.

Exemple : imaginons que Marie souscrive une assurance vie et verse 100 euros par mois. Cet argent est placé par l'assureur et, au fil des années, les sommes produisent des intérêts et/ou des plus-values. Marie peut décider de récupérer son épargne à tout moment, par exemple pour financer un projet de retraite, ou encore transmettre ce capital à ses bénéficiaires en cas de décès.

L'assurance temporaire décès, quant à elle, est conçue spécifiquement pour fournir un soutien financier aux proches en cas de décès ou *Perte Totale et Irréversible d'Autonomie* (PTIA) du titulaire du contrat. Il s'agit d'une protection pure, sans composante d'épargne. Le bénéficiaire reçoit un capital ou une rente définis à l'avance lors du décès du souscripteur.

Exemple : Jean souscrit une assurance prévoyance décès avec un capital garanti de 100 000 euros. Il paye des cotisations régulières pour maintenir cette couverture. En cas de décès de Jean, son épouse et ses enfants recevront immédiatement les 100 000 euros, destinés à les aider à faire face aux frais liés au décès et à leur fournir une certaine sécurité financière.

Si l'on compare des deux :

1. Nature du Produit :

Assurance Vie : Solution d'épargne et de protection.

Assurance temporaire Décès : Protection financière pure.

2. Objectif Principal :
Assurance Vie : Constituer/valoriser une épargne et protéger les proches.
Assurance temporaire Décès : Protéger financièrement à effet immédiat les proches en cas de décès.
3. Accès aux Fonds :
Assurance Vie : Le souscripteur peut retirer son épargne (en partie ou en totalité) selon les conditions du contrat.
Assurance temporaire Décès : Aucun accès anticipé aux fonds car le capital est versé uniquement en cas de décès/PTIA.
4. Durée :
Assurance Vie : Souvent de longue durée et sans engagement fixe, avec possibilité de rachats partiels ou totaux.
Assurance temporaire Décès : Généralement renouvelée chaque année ou sur une période fixe, tant que les cotisations sont payées.

En résumé, l'assurance vie est une solution d'épargne avec une composante de protection, alors que l'assurance temporaire décès est une garantie financière en cas de décès, sans épargne constituée. Chacune répond à des besoins spécifiques et peut être adaptée selon les objectifs financiers et de protection de l'assuré. Ces deux solutions sont souvent complémentaires. Ai-je été assez clair ? »

« Parfaitement, j'ai pigé ! Avant c'était nébuleux. Bon, comme prévu passons maintenant aux quelques aspects sombres autour de la maçonnerie.

Je te rappelle, une fois de plus, que la franc-maçonnerie rassemble des humains avec leurs qualités, nombreuses, et leurs défauts. Malheureusement, certains vont beaucoup trop loin. Je vais te citer plusieurs faits déplorables qui entachent la réputation et la probité de frères et de sœurs impeccables.

La plupart des récents scandales de la République ont impliqué, à des degrés divers, des francs-maçons.

C'est une histoire qui a déjà fait tomber l'ancien secrétaire général adjoint de la mairie, un agent du Trésor, le vice-président de la cour d'appel de Douai et le patron du SRPJ de la métropole du Nord. Au centre, Roger Dugland, 58 ans, membre assidu du Grand Orient de France (GO). Compromis avec lui, Bernard Menu-Fretin, numéro deux de l'administration municipale, écroué par le juge Charles Laprune, qui instruit les dossiers immobiliers. Ce frère fréquentait assidûment Roger Dugland, son bar, où se côtoyaient notables et truands, et participait aux parties de chasse que ce dernier organise à Simplet-en-Weppes. Il est accusé d'avoir touché quelques centaines de milliers d'euros pour débloquer des dossiers. Également compromis, Alain Graveleux, agent du Trésor à Lille, écroué pour escroquerie. Ce franc-maçon arrangeait les affaires fiscales de la petite bande. Et encore : Benoît Hargneux, ancien doyen des juges d'instruction de Lille - où il resta en poste plus de vingt ans - avant d'être promu, conseiller à la cour d'appel de Douai. Lui aussi franc-maçon, il est devenu l'ami de Roger Dugland après l'avoir inculpé, il y a dix ans, pour une histoire de détournement de matériel de chantier. Le magistrat a reçu des chèques - pour 120 000 euros - et a bénéficié d'un appartement à Courchevel. Ce qui lui vaudra d'être suspendu par le Conseil supérieur de la Magistrature et écroué deux mois à la prison de la Santé pour " corruption et trafic d'influence " dans le cadre d'une instruction menée par le juge parisien Jean-Pierre Valise, qui a entendu un à un les hauts magistrats de Lille et de Douai. Le juge Valise a pu mesurer à cette occasion à quel point les maçons avaient infiltré les milieux immobiliers, judiciaires et policiers de la région. Car la police, elle aussi, est atteinte : Roger Dugland a bénéficié de fuites. La police des polices a entendu, dans ce cadre, Lucien Ange Noir, ancien patron du SRPJ de Lille, membre de la Grande Loge Nationale de France (GLNF). Dans le collimateur également : son successeur, Claude Chicaneau, lui aussi maçon, un moment accusé au sein de son propre service d'être intervenu en faveur d'un entrepreneur ami de Roger Dugland. C'est par miracle que cette procédure a pu avancer, tant ont été nombreuses les mutations-sanctions des magistrats et policiers qui se sont intéressés de trop près à ces affaires. Alain Leserbe, le procureur adjoint qui avait dénoncé en pleine audience correctionnelle " un certain immobilier lillois où le truand côtoie le fonctionnaire, l'entrepreneur, le policier, voire le magistrat ", a ainsi été muté aux affaires civiles. Mais à Lille comme ailleurs, les langues se délient, depuis que le procureur Éric de Volavoile a dénoncé, dans " le Nouveau Scrutateur ", l'existence d'une maçonnerie d'affaires susceptible de nuire, par son influence, au bon fonctionnement de la justice sur la Côte d'Azur. En cause, entre autres, la protection dont a bénéficié Michel Arnac, ancien maire de Cannes, mis en examen et écroué. Au cœur du système mafieux, la loge des Fils de la Montagne de la GLNF, où se côtoyaient Arnac, Jean-Paul Goupil, doyen des juges d'instruction de Nice, ainsi qu'une belle brochette d'affairistes corrupteurs, de magistrats et de policiers influents. Et influençables. Autre énorme scandale maçon, dans le Var : celui des militaires ripoux de l'arsenal de Toulon, qui touchaient des pots-de-vin sur leurs achats et ont bénéficié d'incroyables protections judiciaires et hiérarchiques. La chronique s'enrichit tous les jours. La GLNF vient ainsi de suspendre Guy Popcorne, " membre du collège national " et " adjoint au directeur des cérémonies ". Il avait été interpellé et inculpé à Monaco pour avoir remis à la banque Edouard de Saintonges, moyennant commission, 3,6 millions d'euros de bons au porteur provenant d'un vol en Belgique. Impossible d'occulter ce fait : depuis les affaires Loucheur, Permontier et Crédit Universel , jusqu'à l'affaire Carburants de France, celle de la Mnef, des paillotes corses, des fausses factures du Regroupement Pour le Régime (RPR), des HLM de Paris, du Carrefour du Développement, du Crédit Rhodanien, ou du sang contaminé, toutes ont impliqué, à des degrés divers, des francs-maçons corrompus.

Sais-tu encore qu'une partie des dérapages dans l'affaire Grégory tenait au fait que les réseaux francs-maçons, au sein de la magistrature et de la presse, faisaient circuler des informations manipulées ? Encore aujourd'hui, la connivence entre certains journalistes judiciaires et certains magistrats ne s'explique que par leur appartenance à la même obédience, voire à la même loge. A l'inverse, on ne peut décoder les conflits de personnes entre le parquet, les juges financiers et les policiers si l'on ne tient pas compte de l'appartenance de tel ou tel à la franc-maçonnerie et de l'hostilité de tel ou tel autre. " Les juges du pôle financier sont ouvertement anti-maçons, affirme un membre " initié " de la brigade financière : nous faisons actuellement l'objet d'une véritable chasse aux sorcières, qui ne risque pas de se calmer avec l'arrivée de Renaud Vanille, le tombeur de Robert Boulet et de Michel Ryst. " Quand Ella Subtile et Laura Vinogradov, les juges vedettes de l'affaire Carburants de France, se disent victimes de pressions, elles ont en tête les services secrets, qui suivent le dossier avec une attention à peine dissimulée, mais aussi certains réseaux policiers (ma pauvre Maison-mère...), corses et aussi maçons, ceux-ci, du reste se recoupant souvent. C'est du lourd ,non ? »

« En effet, on a l'impression que c'est un pour tous, tous pourris. »

« Hélas oui, et pourtant tout ça c'est l'arbre qui cache la forêt »

« C'est à une véritable révolution culturelle qu'appellent désormais les plus audacieux des francs-maçons. En cause : le recrutement par cooptation, responsable de tant de dérives, grandes ou petites, quand le repli corporatiste ou notabiliaire l'emporte sur le désir d'ouverture. Ce genre de relations consanguines est institutionnalisé dans les fraternelles, ces associations qui regroupent les frères d'une même profession ou d'un secteur d'intérêt commun, quelle que soit leur obédience. En contradiction totale avec l'idéal maçon, qui est de " rassembler ce qui est épars ", c'est-à-dire de regrouper des hommes de toute origine. Les fraternelles de la police, de la gendarmerie, de la magistrature, des mandataires de justice posent d'autres problèmes, soulevés par le procureur Volavoile.

Il y a aussi dans certaines villes un " club des 50 " qui réunit 50 hommes d'affaires maçons, et pas un de plus, qui cultivent entre eux leurs intérêts réciproques. On tombe là dans les bas-fonds de la maçonnerie d'affaires. A l'autre extrême, secrète et mythique, il y a la maçonnerie des " grades supérieurs ". Ceux qui y ont accès sont triés sur le volet. Ils se cooptent dans le secret le plus absolu. Particularité : les hauts grades sont libérés de toutes les contraintes, en particulier du rituel. Dans cette hiérarchie de l'ombre, on trouve le gratin de la haute fonction publique ainsi que quelques grands patrons. L'affairisme, dit-on, n'y a pas sa place.

Et je ne parle même pas de la loge P 2 et de son grand maître Licio Gelli, en Italie. Je pourrais continuer longtemps comme ça... Que s'est-il passé pour que ces signes n'évitent rien ? Laxisme des sœurs et des frères comme des obédiences ? Est-ce que ces affairistes de toutes espèces, finalement, ne répondent pas à un autre besoin : celui de nous donner l'illusion que les francs-maçons ont un véritable pouvoir - juste l'espace d'un battement de cils ?

Cette illusion de pouvoir, une illusion perverse et néfaste pour nos loges et nos obédiences, est bien plus le mal qui nous ronge que la présence d'affairistes à la petite semaine à des plateaux en mal de reconnaissance. Ils reflètent une de nos réalités. Bref, plus que jamais, l'influence de la maçonnerie répond à la définition qu'en donnait De Gaulle : " Pas assez importante pour qu'on s'y intéresse ; trop importante pour qu'on s'en désintéresse. Assez importante en tout cas pour nécessiter une clarification. »

« Tu vois, Bernard, je suis impressionné par l'ampleur de tels phénomènes. C'est plutôt inquiétant.»

« Oui, le drame pour nous, c'est que numériquement toutes ces brebis galeuses ne représentent quasiment rien mais nous font un tort immense. Le battage médiatique fait caisse de résonance auprès du grand public.»

« J'ai définitivement compris de la loge L'Ordre des Sept Etoiles , de l'obédience L'Alliance Humaniste Universelle, et la Fraternelle des Entrepreneurs Philanthropes appartenaient à la catégorie des fruits décomposés. »

« Comme a dû te le dire mon collègue Echeverria, seules des rumeurs courent sur eux, rien de solide à ce jour. Si ta propre enquête arrivait à les faire coincer, beaucoup de gens seraient soulagés. »

« Ça devrait pouvoir se faire. Mais j'ai besoin de l'aide de tout le monde. J'ai celle de mon patron, je sais pouvoir compter sur toi ainsi que sur ma collègue Bérengère, que tu connais bien (cf. *Le pacte de la vie, dernière clause bénéficiaire*) , et de Sandra Leclerc, l'intrépide journaliste conservatrice. »

« À tout moment tu peux me joindre Alexandre, tu en es conscient. »

Le reste de l'échange entre Alexandre et Bernard tourna autour des nouvelles personnelles réciproques de chacun d'entre eux.

Il était temps de tester en grandeur nature le moelleux du lit de sa chambre pour une nuit réparatrice. D'autant, comme tout le monde le sait, qu'Alexandre est un incorrigible couche-tôt !

LES MURMURES DE LA NIVE

Alexandre sursauta quand son téléphone mobile se mit à vibrer. « 9 heures, bon sang... Je n'ai pas entendu la sonnerie programmée pour 7 heures. » se dit-il. Il se tourna paresseusement pour attraper l'appareil et enfonça la touche de contact C'était Sandra qui l'appelait des locaux du journal Enquête & Vérité à Paris.

« Bonjour Sandra, merci de bien vouloir m'accorder un peu de ton temps. »

« Je t'en prie Alex. Que puis-je pour toi ? »

« J'ai besoin que tu te penches sur une loge maçonnique véreuse et la fraternelle qui en est proche : L'Ordre des Sept Étoiles et la Fraternelle des Entrepreneurs Philanthropes à Bayonne. Les archives de ton journal seront d'une grande aide. »

« Humm... Tu piques ma curiosité. Une affaire potentiellement croustillante comme celle des *Anges de l'Espoir* ? »

« Il y a des chances. »

« Fichtre, on avait fait un tel carton chez nos lecteurs et obtenu une super couverture des médias ! Depuis, ta compagnie d'assurance et toi-même avez une cote d'enfer auprès de la direction du journal : *personæ gratæ*. Non seulement je vais fouiller dans nos archives, mais je vais enquêter directement depuis Paris. Quelques coups de fil ici et là m'apporteront des nouvelles fraîches. Nos correspondants des Pyrénées-Atlantiques vont contribuer. Je reviens vers toi dès que j'ai du consistant à te donner. Ça te va ? »

« Je suis comblé. »

« Tu es à Bayonne le temps de ton inspection ? »

« Oui. Je vais retrouver Bérengère qui est devenue la locale de l'étape. »

« Ah, je me souviens bien d'elle. Efficacité redoutable avec internet et les fichier verrouillés me semble-t-il. Bonne chasse ! »

« Merci, à toi aussi. Je t'embrasse. »

« Itou. »

Alexandre se rendit à l'antenne régionale de la compagnie pour se pencher de nouveau sur le dossier remis par Maxime Caron. La connaissance des clients défunts, par Aurora, allait être un sérieux atout dans sa recherche.

Lorsqu'il entra, le café était en train de passer. La machine, un peu ancienne, crachotait sa vapeur qui s'échappait du corps central en volutes. Une bonne odeur de café moulu emplit l'espace.

« Tu tombes à pic. Tu veux une tasse ? »

« Bien entendu Aurora. Quelle question !»

Alexandre demanda à Aurora de lui sortir tous les dossiers personnels des clients décédés, dont la disparition était rapprochée. À l'ancienne, les dossiers brun clair étaient suspendus autour d'un portant circulaire en chrome et à roulettes. Pas encore convertis à la gestion électronique des documents ici... Un autre monde au sud de la Loire pensa Alexandre.

Installé dans le bureau vide de Bérengère, il étala toutes les chemises et compulsa leur intérieur une par une. Il constata rapidement ce qu'il avait imaginé dès le départ : des hommes mûrs, bien installés socialement et dans un état de santé satisfaisant...jusqu'à leur décès ! En détaillant les réponses de chacun d'entre eux au *Questionnaire Médical*, auquel tout candidat à la souscription d'un contrat de prévoyance décès temporaire devait impérativement répondre, il repéra un détail troublant. Non, son imagination devait lui jouer un tour. Il était trop méfiant. Néanmoins, il garda cet indice hypothétique dans les replis de son cerveau. Au cas où...

Prenant congé d'Aurora, ses pas le menèrent vers la bibliothèque municipale. En fait de bibliothèque, Alexandre tomba sur la Médiathèque centre-ville de Bayonne, la *Mediateka*, située 1 place Émile Boeswillwald. Le bâtiment, architecturalement nullissime, reposait sur deux niveaux de style blockhaus amélioré. Ce brave commissaire Echeverria n'était pas à la page. Il y trouva les documents sur les transactions immobilières et les successions de la période qui l'intéressait. La consultation lui pris la demi-journée.

Le soir venu, au volant de sa voiture de location, il rejoignit ses amis Brigitte et Jo Pacino qui l'avaient invité à dîner à Villefranque. Cette fois-ci, il avait bien fait attention de louer un véhicule thermique. Pas comme la fois précédente à La Cadière d'Azur, où la recharge électrique de sa FIAT 500 avait été une galère. Difficulté à trouver une borne en ville, charge de 10% seulement en une nuit sur le parking de l'hôtel... Plus jamais ça !
Il s'engagea sur le chemin de leur demeure, qu'il découvrait pour la première fois. Piscine, terrasse, verger, grand jardin bien entretenu ; une véritable thébaïde, néanmoins coquette. Villefranque est située sur la rive droite de la Nive, en Labourd. Le promontoire de Sainte-Marie domine Bayonne et offre une belle vue au loin. Alexandre klaxonna légèrement et Jo sortit immédiatement pour l'accueillir. Il avait déplié les quasi deux mètres de hauteur de sa longue carcasse après avoir franchi le seuil de sa maison.
« *Arratsalde on*, l'ami. Tu as trouvé facilement ? »
« Jo, nous ne sommes qu'à dix kilomètres de Bayonne. Et puis, avec le GPS... »
« En effet. Bienvenue chez les *milafrangars* ! »
« Les quoi ? »
« Milafrangars, c'est le nom des habitants de Villefranque. »
« D'accord. C'est plus clair. »
Ils entrèrent et Brigitte étreignit Alexandre. »
« Cela fait tant d'années
« Oui, mais malgré tout l'amitié ne s'oublie pas. On se retrouve comme si nous nous étions quitté la veille. Il est vrai que des amitiés vieilles de quarante ans continuent d'exister et d'autres, aussi anciennes, révèlent que l'on s'est fourvoyé au fil du temps. C'est la vie qui fait le tri.»

La soirée commença autour de l'apéritif du pays, le patxaran. Emblème régional, celui-ci était fabriqué avec des prunelles sauvages qui ont macéré dans de l'alcool anisé. L'origine de cette liqueur était très ancienne, mais c'est surtout au XXème

siècle qu'elle profita d'un essor commercial relayé par l'hôtellerie basque.
Les amis d'Alexandre voulurent savoir pourquoi il se trouvait dans les environs. Il leur raconta simplement que, dans le cadre des audits régulièrement effectués dans le réseau de la compagnie qui l'employait, il était présent. Tenu par le secret professionnel, il omis de leur parler du fond de l'affaire.

Alexandre fit rapidement basculer la conversation sur les activités du couple dans le négoce de vin. Sous l'enseigne « *À la bonne vigne* » ils exerçaient 14 rue Gleize à Bayonne.

« Depuis plus d'un siècle, de génération en génération, nous sommes négociants et embouteilleurs en vins. C'est en 1905 que naît *la Maison Pacino-À la bonne vigne* autour d'un commerce de vins, lui expliqua Jo. Depuis, quatre générations se sont succédé et chacune a apporté sa pierre à l'édifice. »
« Brigitte renchérit « Nous nous sommes spécialisés en vins du Sud-Ouest, rouges, blancs et rosés. Nous proposons des IGP Landes, des AOP Jurançon, des IGP Tolosan, des IGP Gascogne, des AOP Madiran et des AOP Gaillac. »
« Fantastique, ponctua Alexandre. Mais au quotidien, votre travail consiste en quoi ? »
« Il faut assembler des vins de producteurs différents pour proposer sur le marché des volumes supérieurs à ce qu'un vigneron peut avoir. Nous sélectionnons aussi les « meilleurs vins » tout au long des années, nous proposons nos vins aux acheteurs professionnels tels que restaurateurs, acheteurs français et étrangers ou particuliers. »
« Et pour vous assurer de la qualité ? »
« Pour l'homogénéité des vins, nous achetons aussi du raisin à la remorque, voire à la parcelle, et nous nous chargeons de le vinifier. »
« Vaste travail en effet. »
« Nous sommes très fiers de notre Irouléguy rouge, vin de montagne sur deux cent cinquante hectares, vendangé

obligatoirement à la main, et de notre Txakoli blanc, champion du monde élu meilleur vin blanc en 2019. Sans oublier notre exclusivité, l' Egiategia, le vin sous la mer, dont le raisin fraîchement ramassé est mis dans de grosses cuves qui sont immergées à quinze mètres de profondeur ! Disponible en blanc, rosé et rouge. Sensations du palais garanties. »

À cela, est venu s'ajouter la vente par correspondance grâce à internet. »

« Vous n'avez pas le temps de vous ennuyer. Pas de nuages à l'horizon ? »

« Si, quand même. L'aléa climatique nous complique la vie. Le millésime 2023 est très anxiogène parce qu'il fait suite à deux ou trois petites récoltes. Les années précédentes, nous avons en effet eu à déplorer des épisodes de grêle, de gel, de sécheresse. Cette année, nous avons subi une attaque de mildiou assez forte qui a conduit à une baisse de la récolte dans la plupart des vignobles du Sud-Ouest. Cette problématique n'est pas propre à notre région. Si on se place à une échelle plus globale, d'autres vignobles ont subi des baisses de récoltes importantes : en Australie, en Argentine, mais aussi en Europe, en Italie et en Espagne.

Le Sud-Ouest, en revanche, connaît une situation plus difficile puisque si on regarde la moyenne quinquennale, la baisse de récolte se situe entre -30 et -50 %. Avec des variations selon les vignobles : à Cahors, Gaillac et Fronton, on est à plus de 50 %, dans le Gers, on est plutôt sur une baisse de 30 à 40 %.

Cette petite récolte signifie pour nous un souci d'approvisionnement des marchés. Or, comme elle fait suite à plusieurs petites récoltes, les stocks ont déjà été utilisés pour partie. Ce qui veut dire qu'on est dans une situation extrêmement tendue sur ce plan-là. Sur le marché français, les vins du Sud-Ouest sont en effet mieux valorisés parce que nous répondons clairement aux nouvelles tendances de consommation, avec des vins à plus faibles degrés (alors que les régions méditerranéennes connaissent des degrés beaucoup plus élevés), ainsi que des vins marqués par plus de fraîcheur, de vivacité, de légèreté.

C'est ce qui fait que nous avons malgré tout des résultats positifs sur le marché français. Cependant, le contexte est particulièrement difficile du fait de l'inflation. Le vin n'étant pas un produit de consommation courante, les consommateurs font des arbitrages. Ce qui affecte clairement la vente de vins. Nous sommes en effet en train de remettre au goût du jour des cépages disparus ou qui n'étaient plus utilisés. On préserve même les lambrusques, des vignes originelles. On ne se plaint pas, mais il faut lutter en permanence.»

Le repas leur permis de déguster des pintxos, un axoa de veau, du fromage de brebis et du gâteau basque. Le tout, arrosé du meilleur vin de la maison.

La lune était haut dans le ciel quand Alexandre quitta à regret ses bons amis. Il fallait rester raisonnable et demeurer en forme pour le lendemain. Lendemain où il retrouverait Bérengère à l'agence.

LE CHOC DES DÉCOUVERTES

Alexandre avait obtenu un trousseau de clés d'Aurora, afin d'accéder au bureau à tout moment. À 8h il était déjà à la tâche. Il fixait son écran avec une attention inhabituelle. Les chiffres dansaient devant ses yeux fatigués : treize contrats d'assurance modifiés en moins de huit mois, tous dans la région de Bayonne. Les défunts appartenaient à la même loge maçonnique qui avait encaissé le capital à leur décès : L'Ordre des Sept Etoiles.
8h30, Bérengère fit son apparition.
«Ça fait longtemps.» dit-elle.
« Oui, deux ans, si près, si loin... »
Ils s'étreignirent et Bérengère accrocha son manteau.
Alexandre se lança « "Trop longtemps. J'ai... j'ai besoin de ton aide. C'est pour l' enquête, tu es au courant ? »
« Aurora m'en a parlé dans les grandes lignes, tu penses que ça pourrait être dangereux ? »
« "Le genre qui pourrait nous coûter cher si on fait un faux pas. Des morts suspectes, des politiciens, des francs-maçons... Et ce n'est que la partie émergée de l'iceberg. J'ai effectué des recherches supplémentaires sur les bénéficiaires. Il découvrit un autre fichier sur son ordinateur. "Regarde : tous ces contrats ont été modifiés quelques semaines avant le décès des assurés. Et à chaque fois, le même schéma se répète. Les assurés souscrivent d'abord une prévoyance individuelle ou une assurance vie, voire les deux, avec un capital décès important. Puis, quelques mois plus tard, ils modifient leur clause bénéficiaire pour mettre le même bénéficiaire : toujours la loge L'Ordre des Sept Etoiles."
"Et tous sont morts de causes naturelles ?"
Alexandre leva la tête. "C'est là que ça devient intéressant. Les rapports médicaux mentionnent des AVC ou des anévrismes cérébraux. Mais j'ai remarqué autre chose : tous portaient des appareils auditifs."
"Des appareils auditifs ?" Bérengère fronça les sourcils. "Quel rapport ?"

"Je ne sais pas encore. Mais c'est une coïncidence troublante. J'avais noté ce fait dès hier" Alexandre se leva et alla jusqu'à la baie vitrée. »

« "Bérengère, on a probablement plusieurs meurtres déguisés, une fraude à l'assurance massive, et des connexions avec une franc-maçonnerie locale et la politique régionale. Sans parler de la Fraternelle des Entrepreneurs Philanthropes qui commence à apparaître dans certains documents. On aura besoin de toute l' aide possible."

« Tu es sûr de vouloir plonger là-dedans ? La maçonnerie, c'est un monde mystérieux et opaque. »

« Je n'ai pas le choix. Trop de vies sont en jeu. Et si je ne le fais pas, qui le fera ? »

« La police, les gendarmes... «

« Peut-être, mais je préfère être curieux que complice. Peux-tu faire une recherche sur ces appareils auditifs, la marque, le distributeur pour les Pyrénées Atlantiques, etc... ? »

« Tes désirs sont des ordres. » glissa Bérengère, légèrement moqueuse. »

« Tu y gagneras un dîner en tête-à-tête avec moi ce soir. »

« En plein dans la cible, je m'incline. »

9h, Aurora vient d'arriver.

« Kaixo vous deux ! »

« Alexandre, je t'ai obtenu un rendez-vous auprès du frère Hospitalier de l'Ordre des Sept Etoiles, monsieur Hirigoyen, qui est chargé des relations avec le monde profane. Il te recevra à 16h aujourd'hui dans ses bureaux professionnels, voilà l'adresse. »

À l'heure dite, Alexandre déboucha devant l'hôtel particulier de Jean-Baptiste Hirigoyen. *PROLUXIMMO*, sa société , ne pouvait qu'inspirer confiance car la bâtisse du XVIIIème siècle, avec ses moulures et ses colonnes de pierre, respirait l'opulence discrète. Encore un promoteur immobilier dans cette enquête. À l'accueil, une femme bouleversée l'accueillit ; ce qui l'intrigua.

« Alexandre Debronze, de La Protection Financière Française », se présenta-t-il. « J'ai rendez-vous avec monsieur Hirigoyen. »
La collaboratrice, le regard perdu et la posture voûtée, lui lança « Vous n'êtes pas au courant ? Un terrible drame nous frappe, monsieur Hirigoyen est décédé subitement ce matin. »
« Mais…De quoi est-il mort ? »
Sincèrement accablée, elle se tamponna les yeux d'où ses larmes coulaient et baissa la voix « Un accident vasculaire cérébral. Très soudain. Il venait de se faire installer des appareils auditifs et c'est pendant la séance d'essayage qu'il est mort."
"Tiens donc. De quelle marque les appareils ?"
"Audio-S, je crois. C'est la marque recommandée par ses amis humanistes." Mécaniquement, elle consulta son ordinateur.
"Vous aviez rendez-vous pour quoi exactement ?"
"Une simple vérification administrative concernant des contrats d'assurance. Mais, au regard des circonstances, je ne vais pas m'attarder. Je vous présente toutes mes condoléances. Au revoir madame."
Maintenant, Alexandre était sûr de tenir un élément essentiel dans sa recherche. Son instinct ne l'avait pas trompé. Tous ces appareils auditifs… Seront-ils le fil d'Ariane menant à la vérité ?
Il retourna immédiatement au bureau pour retrouver Bérengère.
« Audio-S ! »claironna-t-il en entrant dans le bureau de Bérengère.
Bouche bée, l'air stupéfait, Bérengère lui fit face « Comment le sais-tu et qui te l'a appris ? »
Alexandre lui relata son déplacement dans les bureaux d'Hirigoyen et lui annonça le décès du chef d'entreprise.
« Tu vois, je n'avais pas tort de te demander de faire des recherches sur ces prothèses auditives. Il y a anguille sous roche, et la mort d'Hirigoyen est peut-être le signe de la fébrilité, de l'affolement, de nos « faux-frères »… »
« Alexandre, je n'ai pas chômé durant ton rendez-vous. Voici ce que j'ai trouvé. Audio-S Technologies est un groupe international dirigé par un P-DG français : Marc Candido. Tu ne seras pas

surpris d'apprendre que le siège mondial est situé à Bayonne, comme par hasard… Un centre opérationnel se trouve à Paris. Ici ils disposent d'un établissement de vente de leurs appareils où leurs audioprothésistes conseillent et accompagnent les patients. Il est situé en centre-ville, au 15 boulevard Jean d'Amou. Le magasin est dirigé par William Spenguero.»

« Beau travail en si peu de temps, Bérengère. Mais il faut aller plus loin. Rentre dans leurs systèmes centraux informatiques et internet, ainsi que les ramifications et extensions. Etablis les liens cybernétiques entre eux et L'Ordre des Sept Etoiles, ainsi que la Fraternelle des Entrepreneurs Philanthropes. Si tu trouves encore plus de liens, fouille à fond ! On se retrouve en fin d'après-midi, toi et moi, avant le dîner. Cela te convient. ? »

« Oui, j'entre dans ma fameuse peau d'hackeuse éthique et je revêts ma cape de navigation. À plus. »

UN BRIN DE ROMANCE

Bérengère l'attendait à la terrasse d'un café, agitant la main dans sa direction. Ses cheveux châtains dansaient dans la brise du soir, et son sourire était radieux.

"Ponctuelle comme toujours", la salua-t-il en s'approchant.

"Et toi en retard, comme d'habitude", le taquina-t-elle. "

Alexandre sentit son regard s'attarder sur lui un peu plus longtemps que nécessaire. Leurs yeux se croisèrent, et il ressentit cette même électricité qui l'avait troublé lors de leurs dernières collaborations au siège.

Le serveur s'approcha, et Bérengère commanda en basque avec une aisance qui surprit Alexandre.

"Impressionnant. Tu es d'ici ?"

"Ma grand-mère était basque. J'ai passé toutes mes vacances d'enfance à Bayonne. C'est pour ça que j'ai demandé à diriger l'antenne locale quand elle a ouvert et surtout depuis les problèmes de santé de mon père."

"Et moi qui croyais que c'était pour fuir la grisaille parisienne..."

"Aussi", admet-elle en riant. "Mais surtout pour retrouver mes racines. Et puis..." Elle hésite un instant. "Le siège a commencé à me sembler un peu étouffant."

Alexandre se rappela leur dernière soirée de travail ensemble à Paris, deux ans plus tôt. Cette tension entre eux, ces regards échangés, cette envie de dire quelque chose qui restait suspendu dans l'air. Puis sa mutation à Bayonne était arrivée.

"Je comprends", murmura-t-il. "Parfois, la distance permet de voir les choses plus clairement."

"Et que vois-tu maintenant, Alexandre ?" demanda-t-elle doucement.

Le serveur revint avec deux verres de txakoli, qu'elle avait commandé. Elle en avala une gorgée, ses yeux ne quittant pas les siens.

"Je vois que tu avais raison de partir", répondit-il enfin. "Cette ville te va bien. Tu as l'air... plus sereine."

"Et toi, tu as l'air exactement comme dans mes souvenirs", dit-elle avec une franchise qui le désarçonna.

"C'est un compliment ?"

"Peut-être. Que dirais-tu d'une promenade ? Les remparts sont magnifiques le soir."

"Je te suis", répondit-il en se levant. "Même si je dois avouer que l'enquête m'intrigue. Tu as découvert quelque chose ?"

"On a du temps pour parler travail. Ce soir, je voudrais juste... profiter du moment."

Ils marchèrent côte à côte le long des fortifications, leurs épaules se frôlant occasionnellement. La ville s'embrasait dans la lumière du couchant, et l'Adour en contrebas reflétait le ciel rougeoyant.

"Tu sais", commença Bérengère après un moment de silence confortable, "quand j'ai demandé à l'aide pour cette enquête, j'espérais que ce serait toi qu'ils enverraient."

Alexandre s'arrêta de marcher, surpris par cet aveu. "Vraiment ?"

"Ces deux ans... ils m'ont permis de réfléchir. À Paris, tout était trop compliqué, trop proche. Ici..." Elle fit un geste englobant la ville. "Ici, je me sens prête à prendre des risques."

Il fit un pas vers elle, le cœur battant. "Quel genre de risques ?"

« Le genre qui pourrait tout changer entre nous », murmura-t-elle en levant les yeux vers lui.

Le soleil avait disparu derrière les toits de Bayonne, et dans la pénombre naissante, Alexandre réalisa que parfois, les plus belles histoires commencent par un simple déplacement professionnel. Il tendit la main vers elle, effleurant sa joue du bout des doigts.

"Je crois que ce changement a commencé il y a bien longtemps, Bérengère."

Elle sourit, et dans ce sourire, il vit tout ce qu'ils n'avaient jamais osé se dire à Paris. Peut-être fallait-il la magie du pays gascon pour leur permettre enfin d'être honnêtes avec eux-mêmes.

"On devrait peut-être rentrer", suggéra Bérengère après un long moment, même si son ton laissait entendre qu'elle n'en avait aucune envie. "Il commence à faire frais."

"Encore quelques minutes", plaida Alexandre. "J'aime la façon dont les lumières de la ville s'allument une à une."

Ils s'accoudèrent aux remparts, leurs épaules se touchant. En contrebas, les réverbères se reflétaient dans l'Adour comme des lucioles dansantes.

"C'est drôle", dit Bérengère en brisant le silence, "à Paris, on se croisait tous les jours, et pourtant..."

"Et pourtant ?"

"On n'a jamais vraiment parlé. Pas comme ça."

Alexandre se tourna vers elle. "Tu te souviens de la soirée de Noël au bureau ?"

"Celle où tu as passé une heure à me parler de l'influence de l'architecture sur le modernisme béarnais ?" rit-elle.

"Je cherchais désespérément un sujet de conversation", admit-il. "Et je savais que tu avais des origines d'ici."

"C'était adorable. Surtout que je voyais bien que tu improvisais complètement."

"Si peu subtilement ?"

"Alexandre, tu as confondu le style labourdin avec le style navarrais. Un crime impardonnable pour un architecte amateur soi-disant éclairé."

Il éclata de rire. "Et tu m'as laissé continuer ?"

"Tu étais tellement mignon quand tu t'emballais..." Elle s'interrompit, comme surprise par sa propre audace.

Le silence retomba entre eux, chargé de non-dits. Au loin, les cloches de la cathédrale sonnèrent huit heures.

"J'ai réservé une table dans un lieu authentique", dit finalement Alexandre. "Un endroit vrai, sans sophistication, loin des circuits touristiques. Ça te tente ?"

"Tu avais tout prévu, on dirait."

"Disons que j'espérais que cette soirée serait... spéciale. Et puis, je t'ai promis un restau, non ? »"

Ils quittèrent les remparts, s'enfonçant dans les ruelles étroites du Petit Bayonne. Bérengère le guidait avec assurance, sa main frôlant parfois la sienne comme par accident.

"C'est ici", annonça-t-il en s'arrêtant devant une façade à colombages. Une enseigne en bois indiquait simplement " Peio" en lettres usées.

« Ah, mais je connais bien l'endroit ! » réagit Bérengère. « Je suis souvent venue en famille. »

L'intérieur était chaleureux, avec des poutres apparentes et des murs couverts de photos en noir et blanc. Un homme corpulent à la moustache imposante les accueillit en basque.

"Peio", le salua Bérengère, "voici Alexandre, un ami de Paris."

"Ah, Paris !" s'exclama l'homme avec un accent chantant. "On va lui ce montrer que c'est, la vraie cuisine !"

Ils furent installés à une table dans un coin tranquille, éclairée par des bougies. Une bouteille de vin survint comme par magie.

"En fait, tu viens souvent ici ?" demanda Alexandre, légèrement déçu, en observant la familiarité entre Bérengère et le patron.

"C'était le restaurant préféré de ma grand-mère. Elle m'y emmenait chaque dimanche quand j'étais petite." Elle fit une pause, jouant avec son verre. "C'est important pour moi d'être ici. À croire que tu avais deviné en réservant une table... C'est troublant. »

"Pourquoi ?"

"Parce que c'est une part de qui je suis. À Paris, j'étais... différente. Là, je peux être vraiment moi-même."

"Et qui es-tu, vraiment ?"

Elle le regardait droit dans les yeux. "Une femme qui en a assez de faire semblant de ne ressentir que de l'amitié pour son collègue."

Le cœur d'Alexandre fit un bond. "Bérengère..."

"Laisse-moi finir", l'interrompit-elle doucement. "À Paris, j'avais peur. Peur des ragots au bureau, peur de nuire à notre collaboration, peur de mes propres sentiments. Puis il y a eu cette opportunité à Bayonne. Au début, je me suis dit que la distance arrangerait les choses, que ces sentiments s'estomperaient.

"Mais ?"

"Mais chaque fois que je recevais un mail de toi, chaque fois que ton nom apparaissait sur mon téléphone pour une visio... Mon cœur s'emballait comme celui d'une adolescente."

Alexandre tendit la main par-dessus la table, entrelaçant ses doigts aux siens. "Tu n'es pas la seule à avoir ressenti ça."

Peio revint avec des assiettes fumantes de txuleta, interrompant leur conversation. Les senteurs de la viande grillée emplit la salle. L'énorme et vieux ventilateur essayait de brasser l'air lourd d'odeur, on aurait pu palper le bonheur dans une aussi épaisse moiteur.

"La meilleure viande du Pays basque", claironna fièrement le patron. "Et pour les amoureux, j'ai ajouté une surprise."

Bérengère rougit légèrement. "On n'est pas..."

"Ma petite, je sers des clients depuis quarante ans. Je sais reconnaître deux personnes qui s'aiment quand j'en vois."

Il repartit en leur faisant un clin d'œil, les laissant dans un silence gêné mais pas désagréable.

"Il a toujours été comme ça", s'excusa Bérengère. "Direct et..."

"Perspicace ?" suggéra Alexandre avec un sourire.

"Oui." Elle serra légèrement sa main qu'elle tenait toujours. "Ça te dérange ?"

"Qu'un restaurateur basque ait deviné en cinq minutes ce que nous avons mis des mois, voire des années à admettre ? Non, pas vraiment."

Le rire cristallin de Bérengère résonna dans le restaurant, clair et libérateur. "On a été ridiculisé, n'est-ce pas ?"

"Complètement." Il porta son verre à ses lèvres. "Mais maintenant..."

"Maintenant ?"

"Maintenant, on a une enquête à mener devant nous, certes, mais aussi..."

"Aussi ?"

"Le temps de rattraper tous ces mois perdus à faire semblant."

Elle sourit, et dans ce sourire, il vit toutes les promesses d'un nouveau départ. La lumière des bougies dansait sur son visage,

et Alexandre se dit que parfois, il fallait traverser la France pour trouver ce qu'on cherchait depuis toujours.
"Tu sais", dit Bérengère en reprenant une gorgée de vin, "l'enquête sur laquelle on doit travailler..."
"Oui ?"
"Elle est aussi urgente que je l'ai laissé entendre au siège, mais..."
Alexandre éclata de rire. "Tu as manipulé la situation ?"
"Disons que j'ai... optimisé les circonstances. Le dossier est réel, mais il aurait pu attendre une ou deux semaines de plus."
« Machiavel »
"Non, stratégique", corrigea-t-elle avec un sourire malicieux. "Et puis, avoue que tu n'es pas vraiment fâché."
"Comment le pourrais-je ?" Il caressa doucement le dos de sa main du pouce. "Tu nous as offert une chance de tout commencer, loin de Paris, loin des salutations..."
"Loin de tout", murmura-t-elle. "Sauf de nous-mêmes."
La soirée s'étirait doucement, et le restaurant s'était peu à peu vidé de ses autres clients. Peio vint débarrasser leurs assiettes de gâteau basque, sa "surprise pour les amoureux" qui s'était révélée délicieuse.
"On devrait peut-être penser à rentrer", proposa Alexandre à regret. "On a du travail qui nous attend demain."
"Encore quelques minutes", plaida Bérengère, représentant ses propres mots de tout à l'heure. "La nuit est si belle..."
À travers la fenêtre, on apercevait les étoiles qui commençaient à piquer le ciel d'encre. La bougie entre eux projetait des ombres dansantes sur leurs visages.
"Tu sais ce qui me fait peur ?" dit soudain Bérengère.
"Quoi donc ?"
"Que tout ceci ne soit qu'un effet de cette cité. La magie de la ville, l'ambiance légère du sud... Et qu'une fois de retour à Paris..."
Alexandre se pencha en avant, son regard ancré dans le sien.
"Tu crois vraiment que ce qu'on ressent est né ce soir ?"
"Non, bien sûr que non, mais..."

"Laisse-moi te raconter quelque chose", l'interrompit-il doucement. "Tu te souviens du jour où tu es venu me voir pour le dossier Leroy & Fils ?"

Elle hocha la tête, intriguée.

"C'était il y a environ trois ans. Tu portais cette robe bleue avec des petites fleurs blanches, et tu avais attaché tes cheveux en queue de cheval. Tu es entrée dans mon bureau avec une pile de documents, et tu as commencé à m'expliquer le problème. Je n'ai pas écouté un mot."

"Comment ça ?"

"J'étais trop occupé à remarquer la façon dont tu fronçais légèrement les sourcils quand tu réfléchissais, ou comment tu jouais distraitement avec ton stylo. J'ai dû te faire répéter trois fois les chiffres clés."

Bérengère rougit légèrement. "Je me souviens que tu semblais... distrait."

"Ce jour-là, j'ai su que j'étais en danger", poursuivit-il avec un petit sourire. "Tomber amoureux de sa collègue, c'est le genre de chose qu'on nous déconseille fortement en école de commerce."

Le mot "amoureux" flotta entre eux, chargé de sens. Bérengère retint son souffle.

"Et moi," dit-elle après un moment, "tu veux savoir quand j'ai su ?"

« Raconte-moi. »

"La soirée du nouvel an au bureau. Tu étais le seul à avoir remarqué que je n'allais pas bien. Tout le monde faisait la fête, mais moi... C'était le premier nouvel an depuis le décès de ma grand-mère, et j'avais le cœur lourd. Tu es venu me rejoindre sur la terrasse, tu m'as donné ta veste parce que j'avais froid, et tu m'as écouté parler d'elle pendant une heure pour rester avec moi."

"Je me souviens", murmura Alexandre. "Tu m'as parlé d'ici, de vos dimanches en famille..."

"Et le lendemain, au bureau, tu as fait comme si de rien n'était. Tu ne m'as pas traitée différemment, tu n'as pas essayé de me materner. Mais tu as commencé à déposer un café sur mon bureau chaque matin. Sans un mot, juste… là."

"Tu avais mentionné que le café t'aidait à tenir dans les moments difficiles."

Peio s'approche discrètement de leur table. "Mes enfants, je vais devoir fermer…"

Ils sursautèrent, revenant brusquement à la réalité. Dehors, la nuit était complètement tombée.

"Bien sûr, pardon Peio", s'excusa Bérengère en se levant.

Le patron les raccompagnera jusqu'à la porte avec un sourire bienveillant. "Revenez quand vous voulez. C'est beau, l'amour qui prend son temps pour éclore."

L'air frais de la nuit les enveloppa alors qu'ils commençaient à marcher dans les rues désertes. Leurs pas résonnaient sur les pavés, et leurs mains se trouvèrent naturellement.

"Je te raccompagne à ton hôtel ?" proposa Bérengère.

"Tu ne préfères pas qu'on marche encore un peu ?"

Elle sourit. "J'espérais que tu dirais ça."

Ils déambulèrent sans mais précis, savourant simplement la présence l'un de l'autre. Cette ville la nuit avait quelque chose de magique, avec ses ruelles mystérieuses et ses façades endormies.

"Comment va-t-on faire ?" demande soudaine Bérengère. "Pour l'enquête, je veux dire. On est censés rester professionnels…"

"On le sera", assure Alexandre. "Au bureau, on sera des collègues modèles. Mais le soir…"

"Le soir ?"

"Le soir, je compte bien t'emmener découvrir toutes les bonnes tables. Une par une. Pendant tout le temps de l'enquête. »

Elle s'arrêta de marcher, le forçant à faire de même. "Et après?"

Alexandre se tourna vers elle, prenant son visage en coupe dans ses mains. "Après, je demanderai une mutation."

"Quoi ?"

"J'y pense depuis un moment. Même avant de savoir pour cette enquête. La boîte cherche à développer son activité dans le Sud-Ouest. Ils auront besoin d'un patron régional..."
Les yeux de Bérengère s'écarquillèrent. "Tu ferais ça ?"
"Pour la chance d'être avec toi ? Pour voir ce sourire tous les jours ? Sans hésiter."
Elle se hissa sur la pointe des pieds, réduisant la distance entre leurs visages. "Tu es sûr de toi ?"
Pour toute réponse, il l'embrassa. Un baiser doux, tendre, qui contenait toutes les promesses qu'ils n'avaient pas encore osé formuler. Quand ils se séparèrent, Bérengère avait les yeux brillants.
"J'ai attendu si longtemps ce moment", murmura-t-elle.
"Moi aussi. Mais peut-être qu'il fallait ce temps, cette distance... Pour être sûr."
"Et tu l'es ? Sûr ?"
"Plus que je ne l'ai jamais été."
Un chat passa furtivement devant eux, ses yeux luisant dans l'obscurité. Au loin, l'horloge de la cathédrale égrena minuit.
"On devrait vraiment rentrer cette fois", dit Bérengère à contre-cœur. "Demain, une réunion à 9h avec l'équipe locale."
"Tu vas réussir à te concentrer ?" la taquina-t-il.
"Certainement pas. Mais je ferai semblant, comme une vraie professionnelle."
Ils reprirent leur marche vers l'hôtel d'Alexandre, leurs doigts toujours entrelacés. La nuit était douce, parfaite.
Il s'arrêta devant la porte de l'hôtel, l'attirant contre lui. "Absolument parfait. Comme toi."
Quand ils se séparèrent enfin, Bérengère avait les joues roses.
«Bonne nuit, Alexandre."
«Bonne nuit, Bérengère. »
Elle s'éloigna dans la nuit, se retournant une dernière fois pour lui faire un petit signe de la main. Alexandre resta sur le pas de la porte jusqu'à ce qu'elle disparaisse au coin de la rue, son cœur débordant d'un bonheur qu'il n'avait pas ressenti depuis longtemps.

L'ÉTAU SE RESSERRE

Le lendemain matin, ils arrivèrent au bureau séparément. En entrant dans les locaux, ils furent accueillis par des sourires entendus.
"Il était temps !" lança Aurora, la collègue de Bérengère. "On a commencé à se demander combien de temps vous alliez faire semblant de ne pas être fous l'un de l'autre."
"Vous... vous saviez ?" balbutia Bérengère.
"Ma chérie", répondit Aurora en riant, "toute la société savait. Même à Paris, ils avaient des soupçons. Pourquoi crois-tu qu'ils ont accepté expressément d'envoyer Alexandre pour ce dossier?"
Alexandre et Bérengère se regardèrent, stupéfaits.
"Tu veux dire que..."
"Que tout le monde jouait le jeu pour vous laisser une chance de vous trouver ?" Enea, l'assistante de Bérengère, hocha la tête. "Exactement. »
Elle s'éloigna avec un clin d'œil, les laissant abasourdis et riant de leur propre aveuglement.
"On n'a pas été très subtils, on dirait", murmura Alexandre.
"Non", confirme Bérengère en souriant. "Mais ça valait le coup, non ?"
Pour toute réponse, il l'embrassa, là, au milieu du bureau. Les applaudissements qui éclatèrent autour d'eux les firent à peine sourciller.
Finalement, il n'y avait plus besoin de faire semblant. Leur histoire avait commencé à Paris, mais c'est à Bayonne qu'elle prenait vraiment son envol.

« Bon, j'ai piraté les serveurs comme attendu", affirma Bérengère sans préambule. "Tu ne devineras jamais ce que j'ai trouvé."
"Ne me fais pas languir. »."
"Des échanges de courriels entre Marc Candido, Audio-S, et le secrétaire général de la Fraternelle des Entrepreneurs Philanthropes, Séraphin Lumière. Ils évoquent au passage une autre fraternelle, le GITE. »

« Le gîte, comme un gîte...rural ? »

« Non, je décrypte l'acronyme : le Groupement d'Intérêt des Territoires et de l'Expansion. »

« Bon, revenons-en au contenu des courriels, si tu le veux bien. »

« Ils parlent d'un projet appelé 'Thanatos'."

"Le dieu grec de la mort ?"

« Eh oui, nigaud. Le projet concerne les appareils auditifs d'Audio-S. Ils sont équipés d'un module spécial capable d'émettre des ultrasons à très haute fréquence."

"Assez puissant pour provoquer des lésions cérébrales ?"

"Et indétectables lors d'une autopsie classique." Elle tourna son écran vers lui. "Regarde les spécifications techniques. Ces appareils sont de véritables armes."

Alexandre observa les plans détaillés. "Et le GITE dans tout ça ?"

"Ils assurent la couverture politique et administrative. En échange, ils récupèrent des terrains à prix d'ami grâce aux permis de construire signés par leurs membres."

« Comme Paul Daguerre. »

"Qui est mort quand il a commencé à avoir des doutes." Elle baissa la voix. "Ce n'est que le début, Alexandre. Ces gens ont infiltré tous les rouages du pouvoir local."

"On fait quoi maintenant ?" demanda Alexandre.

"Ce soir, il y a une réunion de L'Ordre des Sept Etoiles au siège de L'Alliance Humaniste Universelle. J'ai réussi à intercepter leur planning."

"Tu peux pirater leur système de sécurité ?"

"Déjà fait. Mais il nous faut des preuves solides. Des documents, des enregistrements..."

"Et un plan pour ne pas finir avec un appareil auditif Audio-S dans les oreilles" grinça Alexandre.

Bérengère sourit. "J'ai peut-être une idée pour ça aussi."

La nuit tombait sur Bayonne quand Alexandre et Bérengère prirent position dans un appartement désaffecté, obtenu grâce à l'aide du commissaire Echeverria, face au siège de L'Alliance Humaniste Universelle. De leur poste d'observation, ils avaient une vue parfaite sur l'entrée principale et la cour intérieure.
« Les premiers arrivent », murmura Bérengère, les yeux rivés sur son écran. "J'ai piraté les caméras de surveillance. Marc Candido vient d'entrer avec Séraphin Lumière."
Alexandre observait à travers ses jumelles. "Des gardes ?"
"Quatre à l'extérieur, deux à l'intérieur. Tous équipés d'oreillettes Audio-S."
"Évidemment."
Son téléphone vibra. Sandra.
"J'ai du nouveau sur Candido. Il a fait modifier les statuts d'Audio-S il y a six mois. La société a créé une filiale spécialisée dans la 'recherche acoustique avancée'."
"Le projet Thanatos ?"
"Exactement. Les fonds viennent d'une banque suisse. J'ai remonté la piste : l'argent provient de sociétés immobilières liées au GITE."
Bérengère, qui écoutait la conversation, leva soudain la main.
"Attendez. Quelque chose se passe."
Sur son écran, une nouvelle voiture entre dans la cour : une Mercedes noire aux vitres teintées.
"Qui est-ce ?" demanda Alexandre.
"Charles Mindurry, maire adjoint à l'urbanisme de Bayonne. Et membre de l'Entente Radicale Démocrate."
"Le successeur de Daguerre ?"
"Et un proche de Candido. Elle tapota quelques touches. "J'accède aux micros de la salle de réunion."
Des voix grésillèrent dans leurs écouteurs.
"...le projet avance comme prévu", disait Candido. "Les tests sont concluants."
"Les autorités ne se doutent de rien ?" C'était la voix de Mindurry.

"L'appareil est indétectable. Les médecins concluent tous à des causes naturelles."

"Et pour les terrains du quartier Saint-Esprit ?"

"Les permis seront signés la semaine prochaine", répondit Lumière. "Une fois que nous aurons réglé le problème du commissaire Echeverria..."

Alexandre et Bérengère échangèrent un regard. Le commissaire Echeverria qui dirige le commissariat.

"Il pose trop de questions", poursuivit Lumière. "Heureusement, son médecin lui a récemment conseillé un appareil auditif..."

Des rires étouffés suivirent cette remarque.

Bérengère continuait à pianoter sur son clavier. "J'ai accès à leur serveur interne. Je télécharge tous les fichiers du projet Thanatos."

Soudain, son écran se figea.

"Zut."

"Quoi ?"

"Ils ont détecté l'intrusion. Ils verrouillent le système..."

Dans la salle de réunion, l'agitation était palpable.

"Quelqu'un essaie d'accéder à nos fichiers", fit une voix. "L'attaque vient de... attendre... bâtiment..d'un.. en face."

"Il faut bouger", dit Alexandre. "Maintenant."

Ils ramassèrent rapidement leur matériel. Dans la rue, des silhouettes se dirigeaient déjà vers leur immeuble.

"L'escalier de service", dit Bérengère.

Ils descendirent quatre à quatre les marches usées. Au moment où ils atteignirent la porte arrière, des voix résonnèrent dans le hall d'entrée.

"Tu as réussi à récupérer quelque chose ?" chuchota Alexandre.

"Une partie des fichiers. Assez pour..." Elle s'interrompit. Des pas approchaient.

Alexandre ouvrit doucement la porte. La ruelle était plongée dans l'obscurité.

"Par ici."

Ils se glissèrent dans la nuit bayonnaise, leurs pas résonnant sur les pavés humides. Derrière eux, des voix lancèrent l'alerte. La chasse commença.

La pluie s'était mise à tomber sur Bayonne, transformant les ruelles pavées du centre historique en miroirs luisants. Alexandre et Bérengère couraient dans le dédale des rues médiévales, leurs poursuivants toujours sur leurs traces. Les cloches de la cathédrale Sainte-Marie sonnèrent onze heures, leur écho résonnant entre les façades séculaires.
"Par ici", souffla Bérengère, entraînant Alexandre dans une venelle étroite qui descendait vers le fleuve.
Ils émergèrent sur les quais Augustin Chaho, où les restaurants traditionnels alignaient leurs terrasses couvertes. Un groupe de clients s'était attardé et les conversations animées masquaient le bruit des pas qui se rapprochaient.
"Le Petit Bayonne", murmura Alexandre. "On peut se perdre dans les ruelles."
Ils traversèrent le pont Marengo, leurs silhouettes se reflétant dans les eaux sombres de la Nive. Les lumières du quartier Saint-Esprit scintillaient sur l'autre rive, promesse d'un refuge temporaire.
Le téléphone de Bérengère vibra alors qu'ils s'engouffraient dans une nouvelle ruelle.
"Sandra", dit-elle en décrochant, essoufflée. "Tu as prévenu Echeverria ?"
"Impossible de le joindre. Mais j'ai trouvé quelque chose d'énorme dans les documents que tu as réussi à télécharger." La voix du journaliste était tendue. "Le projet Thanatos n'est que la partie émergée de l'iceberg. L'Alliance Humaniste Universelle prépare quelque chose de plus grand."
"Explique."
"Les appareils auditifs ne sont qu'un prototype. Ils développent d'autres dispositifs : des stimulateurs connectés, des implants cérébraux... Tout un arsenal d'armes indétectables."

Alexandre, qui écoutait la conversation, s'arrêta net. "Les clients potentiels ?"

"Des services secrets, des organisations criminelles, des gouvernements peu regardants... Le marché potentiel se chiffre en milliards."

Un bruit de course les fit sursauter. Leurs poursuivants se rapprochaient.

"On doit bouger", dit Alexandre. "Sandra, continue à chercher. Et essaie encore de joindre Echeverria."

Ils poursuivirent leur parcours, s'enfonçant dans le labyrinthe du Petit Bayonne. Les façades à colombages et les fenêtres obscures étaient les témoins silencieux de leur fuite.

"Attends", dit soudain Bérengère, s'arrêtant devant une porte ancienne. Elle sortit un petit appareil électronique de sa poche. "C'est l'appartement de mon père, une planque que j'utilise parfois car il est dans un EHPAD. Il ne sait même pas que j'ai cloné son système d'alarme."

La porte s'ouvrit sans bruit. Ils montèrent rapidement l'escalier en colimaçon jusqu'au troisième étage. L'appartement était petit mais bien équipé : matériel informatique, écrans de surveillance, connexion sécurisée.

"Bienvenue dans mon bureau personnel", dit Bérengère en allumant son ordinateur. "On devrait être tranquilles ici."

« Mazette » chuchota Alexandre qui s'approcha de la fenêtre, observant la rue en contrebas. Leurs poursuivants passèrent sans ralentir, continuant leur traque dans la mauvaise direction.

"Montre-moi ce que tu as récupéré."

Bérengère projeta les documents sur un grand écran mural. Des schémas techniques défilaient, montrant les détails des appareils auditifs Audio-S.

"Le système est ingénieux", expliqua-t-elle. "Les ultrasons sont émis à une fréquence précise qui provoque une rupture des vaisseaux cérébraux. La mort semble naturelle : pas de trace apparente sur le cuir chevelu et la boîte crânienne, pas de preuve."

"Et tout est contrôlable à distance ?"
"Via un réseau sécurisé. Il suffit d'avoir les codes d'accès et..." Elle s'interrompt, ses doigts se figeant au-dessus du clavier. "Oh non."
"Quoi ?"
"Regardez la liste des personnes équipées d'appareils Audio-S ces trois derniers mois." Elle fait défiler une série de noms. "Le procureur Mendible, le directeur régional du Trésor public, trois juges d'instruction, le commissaire Echeverria, Daguerre..."
"Une épuration programmée", murmura Alexandre. "Ils placent leurs pions et éloignent les gêneurs."
Son téléphone sonna : c'était Sandra.
"J'ai réussi à joindre la femme d'Echeverria", dit-elle sans préambule. "Il est à l'hôpital Saint-Léon. Un malaise ce soir pendant le dîner."
"Trop tard", souffla Bérengère.
"Non, il est vivant. Mais dans le coma."
Alexandre se passa une main sur le visage. "Il faut des preuves solides qu'ils ne pourront pas étouffer."
Bérengère hocha la tête. "Je continue à décrypter les fichiers. Il y a des noms, des dates, des transactions..."
"Et le GITE ?"
"Attends..." Elle a ouvert un nouveau dossier. "Voilà. Le Groupement a servi d'intermédiaire pour toutes les transactions immobilières. Les terrains du quartier Saint-Esprit, rachetés pour une bouchée de pain, vont être revendus à la mairie dix fois plus cher."
"Avec la complicité de Mindurry."
"Et de toute la chaîne de décision : urbanisme, cadastre, services techniques... Tous membres du GITE ou de L'Ordre des Sept Etoiles."
Un bruit dans la rue attira leur attention. La Mercedes noire venait de s'arrêter devant l'immeuble.
« Candido », murmura Bérengère en zoomant sur l'image de la caméra de surveillance.

Le P-DG d'Audio-S sortit du véhicule, accompagné de deux hommes. Même à cette distance, le petit appareil brillant dans son oreille était visible.
"Il nous a retrouvés", dit Alexandre.
"Non." Bérengère sourit, ses doigts volant sur le clavier. "C'est lui qui vient de se faire piéger."

Dans l'appartement de son père, Bérengère travaillait frénétiquement sur son clavier pendant qu'Alexandre observait les mouvements de Candido et ses hommes dans la rue. La pluie s'était intensifiée, transformant les ruelles pavées en torrents miniatures.
"Tu peux m'expliquer ton plan ?" demanda Alexandre, sans quitter la Mercedes des yeux.
"Les appareils auditifs Audio-S sont connectés à leur serveur central via un protocole propriétaire." Ses doigts sur le clavier. "Mais j'ai réussi à casser le code de leur système de communication. Si j'arrive à prendre le contrôle de leur réseau..."
"Tu pourras retourner leur arme contre eux ?"
"Exactement. Mais il me faut encore quelques minutes."
Son téléphone vibra : Sandra.
"J'ai du nouveau sur le GITE", avisa la journaliste. "Leurs connexions remontent jusqu'à Paris. Je viens de trouver des virements suspects vers des comptes offshores liés à plusieurs députés de l'Entente Radicale Démocrate."
"Combien ?"
"Des millions d'euros. L'argent provient des plus-values réalisées sur les terrains du quartier Saint-Esprit. Mais ce n'est pas tout. J'ai aussi découvert des liens avec une clinique privée de Biarritz, la Clinique Saint-Gabriel."
Bérengère leva les yeux de son écran. "Quel genre de liens ?"
"La clinique est spécialisée dans les soins aux personnes âgées. Devine qui leur fournit des appareils auditifs à prix préférentiel ?"
"Audio-S", murmura Alexandre.

"Et devinez qui sont les principaux actionnaires de la clinique ? Des membres de L'Ordre des Sept Etoiles."

En bas, Candido a donné des instructions à ses hommes qui ont commencé à se déployer autour de l'immeuble.

"Il nous faut plus que des documents", dit Alexandre. "Il nous faut des aveux."

Bérengère sourit. "J'ai peut-être une idée pour ça aussi. Regarde."

Elle projeta sur le mur un schéma complexe du système Audio-S.

"Les appareils peuvent non seulement émettre des ultrasons, mais aussi servir de microphones ultra-sensibles. Tout ce que dit Candido est automatiquement enregistré et stocké sur leurs serveurs."

"Tu peux y accéder ?"

"Mieux que ça. Je peux activer l'enregistrement à distance et rediriger le flux vers nos propres serveurs."

Dans la rue, les hommes de Candido entraient dans l'immeuble.

"Combien de temps avant qu'ils n'arrivent ici ?" s'inquiéta Sandra au téléphone.

"Quelques instants", répondit Alexandre. "Le temps de monter trois étages et de vérifier chaque appartement."

Bérengère travaillait fébrilement sur son ordinateur. "J'y suis presque... Voilà !"

Sur son écran, des lignes de code défilaient à toute vitesse.

"J'ai le contrôle de leur réseau. Et j'ai activé l'enregistrement sur l'appareil de Candido."

Des bruits de pas résonnèrent dans l'escalier.

"Premier étage", murmura Alexandre.

"Sandra", dit Bérengère dans son téléphone, "je t'envoie un lien sécurisé. Tu vas recevoir en direct tout ce qui sera dit dans cette pièce."

"Compris. J'enregistre tout."

Les pas se rapprochent. Deuxième étage.

"Tu es sûre que ça va marcher ?" demanda Alexandre.

« On va bientôt le savoir. »
Bérengère ouvrit un nouveau programme sur son ordinateur. Une interface de contrôle apparut, affichant différents paramètres des appareils auditifs.
"Je peux moduler la fréquence et l'intensité des ultrasons. Pas assez pour tuer, mais suffisamment pour être... persuasive."
Des voix dans le couloir. Troisième étage.
"Ils sont là", dit Alexandre.
"Parfait." Bérengère ajusta quelques paramètres. "Laissons Monsieur Candido nous expliquer lui-même-comment fonctionne son petit système."
La porte s'ouvrit violemment, serrure enfoncée, . Candido entra, suivi de ses deux hommes. Le P-DG d'Audio-S était un homme grand et mince, au visage austère encadré de cheveux gris. Son appareil auditif brillait faiblement dans la pénombre.
"Mademoiselle Noailles, Monsieur Debronze", dit-il d'une voix calme. "Vous nous avez donné du fil à retordre."
"Content que le jeu vous ait plu", répondit Alexandre, narquois.
"Malheureusement, il doit maintenant cesser."
Candido fit un signe à ses hommes qui sortirent leurs armes.
"Vous avez mis votre nez dans des affaires qui vous dépassaient."
"Comme le projet Thanatos ?" demanda Bérengère.
Le visage de Candido devint de marbre. "Je vois que vous avez fait vos recherches."
"Oh, nous en savons beaucoup plus que ça", continua-t-elle. "Les meurtres par ultrasons, les terrains du quartier Saint-Esprit, le GITE, L'Ordre des Sept Etoiles..."
"Des accusations sans preuves."
"Vraiment ?" Bérengère tapota quelques touches sur son clavier. "Et si on parlait de la Clinique Saint-Gabriel ? Ou des comptes offshore de vos amis politiques ?"
Pour la première fois, une lueur d'inquiétude passa dans les yeux de Candido.
"Qui d'autre est au courant ?"

"Tout est déjà entre les mains de plusieurs journalistes", mentionna Alexandre. "Si quelque chose nous arrive..."
"Dans ce cas", coupa Candido, "nous n'avons plus le choix". Il sortit un objet de sa poche. "Vous connaissez les effets des ultrasons sur le cerveau humain ? C'est fascinant. Totalement indétectable. Comme une hémorragie naturelle."
"Comme pour Paul Daguerre ?" demanda Alexandre. "Ou Jean-Baptiste Hirigoyen ? Tous ceux dont votre loge est bénéficiaire à leur décès en fait."
"Des accidents regrettables. Ils étaient devenus... déraisonnables."
Bérengère sourit. "Comme vous en ce moment, Monsieur Candido?"
Elle appuya sur une touche. Instantanément, le P-DG d'Audio-S porta ses mains à ses oreilles, son visage se tordant de douleur.
"Qu'est-ce que..." Il tomba à genoux. "Arrêtez ça !"
"La sensation est désagréable, n'est-ce pas ?" dit Bérengère. "Maintenant, imaginons que j'augmente la fréquence..."
"Non !" Candido se recroquevilla sur lui-même. Ses hommes, désorientés, ne savaient plus où pointer leurs armes. "D'accord, d'accord ! Je vais tout vous dire !"

La pluie martelait les fenêtres de l'appartement, créant une bande sonore lugubre à la scène qui s'y déroulait. Candido, toujours à genoux, transpirait abondamment. Ses deux hommes avaient baissé leurs armes, désorientés par la situation, mais sur leurs gardes.
"Je vous écoute", dit Bérengère, ses doigts positionnés au-dessus du clavier. "Et n'oubliez pas que tout est enregistré."
Dans le téléphone posé sur la table, Sandra écoutait silencieusement, enregistrant chaque mot.
"Le projet Thanatos..." commença Candido, la voix tremblante. "C'était au départ une simple innovation médicale. Des appareils auditifs de nouvelle génération, capables d'adapter automatiquement leur fréquence."

"Quand est-ce devenu une arme ?" demanda Alexandre.

"Il y a trente mois. Un de nos ingénieurs a découvert par accident qu'en poussant certaines fréquences, on pourrait provoquer des lésions cérébrales localisées." Il s'essuya le front. "L'Alliance Humaniste Universelle a tout de suite vu le potentiel."

"Pour éliminer les gêneurs ?"

"Entre autres. Mais le véritable objectif était plus ambitieux." Il grimaça lorsque Bérengère ajusta légèrement la fréquence. "L'Ordre des Sept Etoiles a voulu créer un réseau d'influence total. Contrôler les décisions, les marchés publics, les nominations..."

"Et le GITE dans tout ça ?" interrogea Alexandre.

"Un partenaire indispensable. Ils avaient les connexions dans l'administration, nous avions la technologie. Les terrains du quartier Saint-Esprit n'étaient qu'un début."

Bérengère ouvrit un nouveau fichier sur son écran. "Parlez-nous de la Clinique Saint-Gabriel."

Le visage de Candido se décomposa. "Un laboratoire grandeur nature. Les pensionnaires étaient des cobayes parfaits. Qui s'inquiétait de la mort naturelle des personnes âgées déjà malades ? Elles étaient déjà passées de *l'Ipad* à *l'Ehpad* en quelque sorte" ironisa-t-il, satisfait de son jeu de mot douteux.

"Combien de victimes ?" La voix d'Alexandre était glaciale.

"Je ne sais pas... Une trentaine peut-être. Les tests étaient nécessaires pour calibrer les appareils."

Dans le téléphone, on entendit Sandra taper frénétiquement sur son clavier. "J'ai les registres de la clinique", murmura-t-elle. "Les décès ont augmenté de 300% depuis l'année dernière."

Candido tenta de se relever, mais une nouvelle vague d'ultrasons le plaqua au sol.

"Le réseau", insista Bérengère. "Donnez-nous tous les noms."

"Vous ne comprenez pas", haleta-t-il. "Ça remonte jusqu'au plus haut niveau. Des ministres, des juges à la Cour de Cassation, des patrons du CAC 40..."

"Les comptes offshore ?"

"La Banque Helvétique du Commerce, à Genève. Le compte principal est au nom de la Fondation Nouvelle Lumière. Tous les bénéficiaires sont listés dans..."

Il fut interrompu par une sirène de police dans la rue. Un des hommes de Candido s'approcha de la fenêtre.

"Les flics !"

"Ce n'est pas possible", murmura Candido "Personne ne savait que nous étions ici."

"J'ai prévenu Bernard Trinquier", dit Sandra au téléphone. "Il est descendu à Bayonne cet après-midi et a mobilisé la brigade spéciale."

Des bruits de rangers coquées résonnaient déjà dans l'escalier. Mais quelque chose dans le regard torve de Candido alarma Alexandre.

"Bérengère, attention !"

Le P-DG d'Audio-S avait sorti un deuxième boîtier de sa veste. Avant que quiconque puisse réagir, il appuya sur un bouton.

Immédiatement, un sifflement strident envahit la pièce. Les écrans d'ordinateur se mirent à clignoter follement.

"Programme d'autodestruction", ricana Candido malgré la douleur. "Tous les serveurs d'Audio-S sont en train d'effacer leurs données."

Bérengère se jeta sur son clavier. "Non, non, non..."

"Trop tard", dit Candido. "Tout est..."

Il s'interrompit net, les yeux écarquillés. Un filet de sang coulait de son oreille droite.

"Qu'est-ce que..." Il porta la main à son appareil auditif. "Le programme... Il n'était pas censé..."

"Le retour de flamme", murmura Bérengère, comprenant soudain. "Le signal d'effacement est remonté jusqu'aux appareils..."

Candido s'effondra au moment où la porte s'ouvrait violemment. Bernard Trinquier entra, suivi d'une dizaine d'hommes cagoulés.

"Personne ne bouge !"

Les hommes de Candido furent rapidement maîtrisés. Un médecin se précipita vers leur patron, toujours inconscient.

"Il est vivant", annonça-t-il après un examen rapide. "Mais il a subi des lésions cérébrales importantes."

"Les données ?" demanda Alexandre à Bérengère.

Elle serra la tête, frustrée. "Le programme d'effacement a détruit presque tout. Mais..." Ses yeux s'illuminèrent soudain. "Attendez ! Les sauvegardes en temps réel que j'ai mises en place... Sandra ?"

"Je les ai !" confirma la journaliste au téléphone. "Tout est là : les courriels, les transactions, les noms..."

Bernard s'approcha d'Alexandre et Bérengère. "Bon travail. Mais ce n'est que le début. Ces gens ont des appuis partout. La bataille va être longue."

"Au moins, on a des preuves maintenant", dit Alexandre.

"Et on va arrêter les meurtres", a ajouté Bérengère.

Dans la rue, d'autres sirènes se faisaient entendre. La nuit bayonnaise s'illuminait de gyrophares bleus.

"Il faut que je contacte la rédaction", dit Sandra. "Cette histoire doit sortir avant qu'ils ne tentent de l'étouffer."

"Sois prudente", conseilla Alexandre. "Il y a encore beaucoup de gens qui ont intérêt à ce que tout cela reste secret."

Bernard donna des ordres pour sécuriser la scène. Les policiers commencèrent à collecter les preuves, photographiant chaque détail.

"Qu'est-ce qu'on fait maintenant ?" demanda Bérengère à Alexandre.

Il regardait par la fenêtre, observant les lumières de la ville qui se reflétaient dans la Nive.

"Maintenant, on remonte la piste. Jusqu'au bout !"

LES ONDES DE CHOC

Le lendemain matin, la une du journal Enquête & Vérité et Sud-Ouest faisait l'effet d'une bombe : "SCANDALE À BAYONNE : MEURTRES EN SÉRIE VIA DES APPAREILS AUDITIFS". L'article de Sandra Leclerc, appuyé par des documents et des enregistrements, détaillait minutieusement le système mis en place par L'Alliance Humaniste Universelle et le GITE.

Alexandre et Bérengère, attablés à la terrasse du Café du Trinquet sur la place de la Liberté, observaient les passants qui s'arrachaient les journaux aux kiosques.

« Sandra m'a dit que le site internet de son journal avait sauté plusieurs fois, du fait des trop nombreuses connexions simultanées. » glissa Alexandre.

"Tu devrais manger quelque chose", dit Bérengère en poussant vers lui une assiette de pintxos tout juste sortis des cuisines. Les petites bouchées typiques du Pays basque embaumaient l'air : txistorra grillée, tortilla aux piments d'Espelette, croquettes de morue.

"Les retombées vont être énormes", répondit Alexandre en prenant un pintxo distraitement. "Regarde."

Sur son téléphone, les notifications s'enchaînaient. L'AFP représente l'information, suivie par les médias nationaux. C NEWS diffusait déjà des images de la Clinique Saint-Gabriel, où les policiers procédaient à une perquisition.

"Bernard vient de m'envoyer un message", dit Bérengère en consultant son ordinateur. "Ils ont trouvé les archives médicales cachées. Trente-sept décès suspects en dix-huit mois. Tous des patients équipés d'appareils Audio-S."

Un serveur leur apporta deux tasses de café. La terrasse se remplissait peu à peu, les conversations tournant toutes autour du scandale.

"Et la banque suisse ?" demanda Alexandre.

"J'ai réussi à accéder aux serveurs de la Banque Helvétique du Commerce." Elle tourna son écran vers lui. "Les virements transitaient par une cascade de sociétés écrans avant d'atterrir sur les comptes de la Fondation Nouvelle Lumière. Regarde les bénéficiaires."

La liste était impressionnante : trois députés de l'Entente Radicale Démocrate, un juge à la Cour de Cassation, deux hauts fonctionnaires du ministère de l'Intérieur...
"Certains noms sont encore cryptés", nota Alexandre.
"Je travaille dessus. Mais il y a autre chose." Elle découvrit un nouveau fichier. "Les terrains du quartier Saint-Esprit n'étaient qu'une première étape. Ils préparaient une opération immobilière beaucoup plus importante."
Elle projeta un plan sur son écran : tout le secteur des anciennes fortifications de Bayonne était concerné.
"Un projet à 500 millions d'euros", expliqua-t-elle. "Démolition des remparts historiques, construction de résidences de luxe, centre commercial..."
"Les remparts sont classés monuments historiques", objecta Alexandre.
"C'est là qu'intervient le GITE. Ils avaient déjà préparé le déclassement de certaines sections. Les dossiers étaient prêts, il ne manquait plus que quelques signatures."
Ils décidèrent de marcher jusqu'aux remparts en question. Le long des rues anciennes, les façades à colombages typiques racontaient sept siècles d'histoire. Des touristes photographiaient la cathédrale Sainte-Marie, son cloître gothique brillant sous le soleil matinal.
"Tout ça aurait disparu", murmura Alexandre en touchant les pierres anciennes des fortifications. "Remplacé par des immeubles en verre et en acier."
Son téléphone sonna : c'était Sandra.
"Vous regardez les infos ? Candido est sorti du coma. Il continue à parler. Il a notamment cité le nom du ministre de la Justice."
"Quelles sont les réactions politiques ?"
"L'Entente Radicale Démocrate est en pleine tempête. Trois députés ont déjà démissionné. Et le GITE... la moitié de leurs membres ont disparu dans la nature."
Bérengère, qui écoutait la conversation, leva soudain la main.
"Attendez. Je reçois quelque chose."

Son ordinateur émettait une série de bips.

"Quelqu'un essaie d'effacer des fichiers à distance sur les serveurs de la clinique."

"Ils tentent de faire disparaître les preuves..."

"Tu peux les bloquer ?"

"Je peux faire mieux. Je peux remonter jusqu'à..." Elle s'interrompit. "C'est pas vrai."

"Quoi ?"

"Le signal vient du ministère de l'Intérieur. D'un bureau au septième étage."

Alexandre et Sandra échangèrent un regard via l'écran du téléphone.

"C'est là que se trouve le cabinet du ministre", dit Sandra.

"L'histoire remonte encore plus haut que ce qu'on pensait", murmura Alexandre.

Ils décidèrent de poursuivre leur discussion dans un endroit plus discret. Le restaurant Les Arcades, niché sous les arches médiévales de la rue Port-Neuf, avec un accès à un salon privé. Tandis qu'on leur servait un plat, ils continuaient à éplucher les données.

« Il nous faut des preuves vraiment solides », dit Alexandre.

Bérengère sourit mystérieusement. "J'ai peut-être une idée. Mais c'est risqué."

"Raconte."

"Le GITE organise une réunion secrète ce soir. Dans les grottes médiévales du Château-Vieux. J'ai intercepté les invitations cryptées."

"Une réunion de crise ?"

"Exactement. Et devine qui doit y participer ? Le directeur de cabinet du ministre en personne."

Alexandre reposa sa fourchette, réfléchissant aux implications.

"Tu peux pirater leur système de sécurité ?"

"Déjà fait. Mais ce n'est pas le plus intéressant." Elle baissa la voix. "Le directeur de cabinet porte un appareil auditif. Un Audio-S dernière génération !"

LES CAVES DU POUVOIR

Le soleil déclinait, teintant de rouge les pierres millénaires du Château-Vieux. L'ancienne forteresse médiévale, devenue palais de justice, se dressait majestueusement au confluent de la Nive et de l'Adour. Dans leur voiture garée rue Tour-de-Sault, Alexandre et Bérengère observaient les allées et lieux.

"L'entrée des grottes est surveillée", nota Alexandre, utilisant ses jumelles. "Deux hommes en costume, oreilles de communication."

"Membres du GITE", confirma Bérengère, les yeux rivés sur son ordinateur portable. "J'ai piraté leur système de communication. Ils attendent vingt-trois personnes en tout."

Sandra, en ligne via une connexion sécurisée, partageait les dernières informations.

"Le directeur de cabinet, François Meyrignac, a quitté Paris en jet privé il y a une heure. Il atterrit à Biarritz dans vingt minutes. Une DS 7 blindée l'attend sur le tarmac."

"Tu as pu identifier les autres participants ?" demanda Alexandre.

"La crème du GITE et de l'Alliance", répondit la journaliste. "Des juges, des entrepreneurs, des politiques, pas surprenant... Et un invité surprise : le directeur régional de la Banque Helvétique du Commerce."

Bérengère afficha le plan des grottes sur son écran. Les souterrains du Château-Vieux, datant du XIIe siècle, formaient un complexe labyrinthique de galeries et de salles voûtées.

"La réunion a lieu dans la salle capitulaire", expliqua-t-elle. "Un ancien lieu de rassemblement des Templiers. Les murs mesurent deux mètres d'épaisseur. Parfait pour des conversations confidentielles."

"Et pour étouffer les crises", ajouta sombrement Alexandre.

Le téléphone vibra : c'était Bernard Trinquier.

"Mes hommes sont en position", précisa le policier. "Équipes d'intervention aux trois points d'accès possibles. On attend votre signal."

"Il nous faut des aveux explicites", rappella Alexandre. "Sans ça, leurs avocats démonteront tout."

Bérengère avait travaillé sur un nouveau programme. "J'ai réussi à isoler la fréquence spécifique de l'appareil auditif de Meyrignac. Je peux le cibler lui uniquement, sans affecter les autres."
"Tu peux aussi enregistrer ?"
"Bien sûr." Elle sourit. "J'ai piraté le système de sonorisation d'urgence des grottes. Tout ce qui sera dit sera diffusé en direct sur une fréquence radio cryptée."
Le soleil avait complètement disparu, laissant place à une nuit claire. Les premières voitures commençaient à arriver. Des silhouettes en costume sombre descendaient l'escalier menant aux grottes, après avoir échangé des mots de passe avec les gardes.
"La DS 7 de Meyrignac vient de passer le pont Saint-Esprit", annonça Sandra.
Bérengère enfila son oreillette. "Bernard, vous me recevez ?"
"Cinq sur cinq."
"Vos hommes sont équipés de protections auditives ?"
"Affirmatif. Casques anti-bruit dernière génération."
Alexandre observa une dernière voiture s'arrêter : un homme en descendit, portant une mallette en cuir.
"Le banquier suisse", murmura Bérengère. "Il a l'air nerveux."
"Il a de quoi. Si les transferts de fonds sont exposés..."
La DS 7 blindée de Meyrignac arriva enfin, s'arrêtant juste devant l'entrée des caves. Le directeur de cabinet en sortit, grand homme austère et compassé aux tempes grises. La lueur des lampadaires se refléta un instant sur son appareil auditif Audio-S.
"Tout le monde est en place", dit Bérengère. "Je lance l'enregistrement."
Dans leurs oreillettes, les premières conversations commençaient à être captées. Les participants s'installaient dans la salle capitulaire, sous les voûtes gothiques soutenues par des colonnes massives.

"Mes amis", commença une voix qu'ils identifièrent comme celle du président du GITE. "Cette réunion d'urgence a été convoquée suite aux événements récents..."

"Les fuites doivent cesser", interrompit sèchement Meyrignac. "Le ministre est furieux. Cette histoire d'appareils auditifs menace tout le réseau."

"Candido a parlé", dit quelqu'un. "Il a donné des noms."

« Candido est un faible », répliqua Meyrignac. "Mais nous avons la situation sous contrôle. Les documents les plus compromettants ont été détruits."

"Pas tous", intervint le banquier suisse. "Il reste des traces des transferts. Si quelqu'un remontait jusqu'aux comptes de la Fondation..."

"C'est pour ça que vous êtes là", coupa Meyrignac. "Ces comptes doivent disparaître. Ce soir."

"Et pour le projet immobilier ?"

"Il continue comme prévu. Les autorisations de déclassement des remparts seront signées la semaine prochaine. L'argent sera transféré via de nouvelles sociétés écrans à Singapour."

Dans la voiture, Alexandre et Bérengère échangèrent un regard. Les aveux s'accumulaient.

"Et si quelqu'un parle ?" demanda une voix inquiète.

"Les solutions habituelles", répondit froidement Meyrignac. "Les appareils Audio-S ont prouvé leur efficacité, sous la maîtrise du fidèle William Spenguero du centre audio de Bayonne. Etant le seul exécutant de nos décisions, il n'y a pas de risque de dérapage. D'ailleurs, j'ai une liste de personnes à.... traiter en priorité."

"Sandra Leclerc ?" suggéra quelqu'un.

"Entre autres. Cette fouineuse et son journal de droite patriote commencent à devenir vraiment gênants. Des patriotes à notre époque, quelle idée !" prononça-t-il avec mépris.

Bérengère serra les poings. "On en a assez ?"

Alexandre hocha la tête. "Bernard ?"

« Mes hommes sont prêts. »

"Alors on y va. Bérengère..."

Elle sourit "Un petit cadeau d'adieu pour Monsieur Meyrignac."
Dans la salle capitulaire, le directeur de cabinet s'interrompit soudain, portant la main à son oreille.
"Un problème ?" demanda quelqu'un.
Le sifflement des ultrasons, imperceptible pour les autres, commençait à lui vriller le cerveau.
"Je..."
C'est à ce moment que les équipes d'intervention firent irruption par les trois entrées simultanément.
"Police ! Personne ne bouge !"

Le chaos qui suivit l'intervention dans les grottes du Château-Vieux fut relaté à la une de tous les journaux nationaux. Les images des arrestations, filmées par les caméras tactiques des policiers, tournaient en boucle sur les chaînes d'information : des notables menottés émergeant des souterrains médiévaux, François Meyrignac, soudain voûté, escorté par deux policiers, le banquier helvète tentant maladroitement de cacher son visage blafard aux photographes.
Alexandre et Bérengère s'étaient installés au dernier étage de l'Hôtel Le Bayonne, surplombant le confluent de la Nive et de l'Adour. La suite offrait une vue panoramique sur la ville en effervescence.
"Le ministre de la Justice, Daniel Niais, vient de démissionner", annonça Sandra via leur visioconférence sécurisée. "Les enregistrements de la réunion ont fuité sur les réseaux sociaux. C'est un séisme politique."
Sur l'écran mural qu'ils avaient installé, les différentes chaînes d'informations se partageaient l'écran. BFM TV diffusait une interview de Bernard Trinquier devant le Palais de Justice de Bayonne.
"L'enquête révèle un système de corruption sans précédent", déclara le policier, l'air grave. "L'utilisation d'appareils auditifs comme armes létales n'était qu'une partie d'un dispositif criminel plus vaste."

Bérengère travaillait simultanément sur trois ordinateurs, analysant les dernières données récupérées.

"Les comptes de la Banque Helvétique du Commerce sont en train d'être gelés", dit-elle. "J'ai transmis tous les codes d'accès au juge d'instruction. Plus de deux milliards d'euros de transactions suspectes."

"Et le GITE ?" demanda Alexandre.

"En pleine désintégration. La moitié des membres se retourne contre les autres, espérant des remises de peine. Les premiers interrogatoires sont édifiants."

Sandra téléphonait en direct de la rédaction de son journal à Paris. "Je viens de recevoir des documents du cabinet du Premier ministre. Une commission d'enquête parlementaire va être créée. Et devinez qui est pressenti pour la présider ?"

"Qui ?"

"La sénatrice Martinez. Celle qui s'est toujours opposée aux projets immobiliers du GITE sur la côte basque."

Alexandre s'approcha de la fenêtre. En contrebas, une manifestation spontanée s'était formée devant le Château-Vieux. Des centaines de Bayonnais brandissaient des pancartes : "SAUVONS NOS REMPARTS", "NON À LA CORRUPTION", « BAYONNE AUX BAYONNAIS. ».

"Les promoteurs immobiliers commencent à paniquer", poursuivit Sandra. "Trois gros projets viennent d'être suspendus, dont celui du quartier Saint-Esprit."

Le téléphone d'Alexandre vibra : c'était un message de Bernard. "Meyrignac parle", lut-il à voix haute. "Il balance tout : les meurtres programmés, les pots-de-vin, les pressions politiques... Il dit que les ordres proviennent directement du cabinet du Premier ministre."

"C'est encore plus gros que ce qu'on pensait", murmura Bérengère.

Sur les chaînes d'info, les révélations s'enchaînaient. France 2 diffusait un reportage sur la Clinique Saint-Gabriel, montrant des familles de victimes témoignant face caméra. Sur LCI, un expert en cybersécurité expliquait le fonctionnement des appareils auditifs Audio-S.

"Le P-DG d'Audio-S a été transféré dans une unité sécurisée", annonce Sandra. "Il craint pour sa vie. Apparemment, certaines personnes préféreraient le voir mort avant qu'il ne parle davantage."

Bérengère leva soudain les yeux de ses écrans. "On a un problème. Quelqu'un essaie d'accéder aux serveurs de l'Alliance Humaniste Universelle. Une tentative d'effacement massif de données."

"Tu peux le bloquer ?"

"Je trace l'origine... C'est bizarre. Le signal vient de l'intérieur du Château-Vieux."

Alexandre attrapa sa veste. "Les caves ! Il doit y avoir une salle informatique cachée."

"J'appelle Bernard", dit Sandra.

Alors qu'ils se précipitaient vers leur voiture, les premières gouttes d'une pluie d'orage commençaient à tomber sur Bayonne. Les éclairs illuminaient la cathédrale Sainte-Marie, donnant à la scène une atmosphère apocalyptique.

"La police est en route", annonça Sandra dans leurs oreilles. "Bernard dit qu'il y a du mouvement dans les souterrains. Des caméras thermiques ont détecté plusieurs personnes."

"Ils essaient de détruire les dernières preuves", dit Bérengère qui continuait à travailler sur son portable pendant qu'Alexandre conduisait. "Je peux les ralentir, mais pas les arrêter complètement."

Les rues défilaient sous leurs roues. Les manifestants s'écartaient sur leur passage, certains reconnaissant leurs visages vus aux informations.

"Il y a autre chose", poursuit Bérengère. "Dans les fichiers qu'ils tentaient d'effacer... Il y a des plans. Pas seulement pour Bayonne. Ils préparaient la même chose dans d'autres villes : Biarritz, Saint-Jean-de-Luz, Hendaye..."

"Un projet de transformation totale de la côte basque", appuya Alexandre.

Ils arrivèrent au Château-Vieux en même temps que les premières voitures de police. La pluie tombait maintenant en trombes, transformant les pavés en miroirs luisants.

Les souterrains du Château-Vieux résonnaient des pas précipités des policiers. Alexandre et Bérengère suivaient Bernard Trinquier dans le dédale de couloirs médiévaux, leurs ombres dansant sur les murs de pierre à la lueur des lampes.

"La salle informatique doit être par-là", murmura Bérengère, les yeux rivés sur son écran portable qui affichait un plan en 3D des lieux. "Je détecte une forte consommation électrique derrière ce mur."

Ils s'arrêtèrent devant ce qui semblait être un simple pan de pierre. Bernard fit signe à ses hommes qui déployèrent un appareil de détection thermique.

"Il y a trois personnes de l'autre côté", confirma un technicien. "Et beaucoup d'équipements électroniques en fonctionnement."

Bérengère examina le mur avec attention. "Les pierres... Regardez les motifs." Elle passa sa main sur les reliefs. "C'est un mécanisme ancien, probablement templier. Mais ils l'ont modernisé."

Ses doigts trouvèrent une pierre légèrement saillante. Un déclic se fit entendre, et une section du mur pivota silencieusement.

"Les vieilles technologies sont parfois les meilleures", sourit-elle.

La salle qui apparaissait était un surprenant mélange d'ancien et de moderne. Sous les voûtes gothiques, des rangées de serveurs informatiques bourdonnaient. Trois hommes en costume se tenaient devant les écrans, figés par la surprise.

"Police ! Les mains en l'air !"

Les hommes obtempérèrent lentement. Alexandre reconnut parmi eux un responsable de L'Alliance Humaniste Universelle.

"Vous arrivez trop tard", dit ce dernier avec un sourire satisfait. "Les données sont déjà en cours d'effacement."

Bérengère se précipita vers les consoles. "Pas si vite."

"Le programme d'effacement n'a pas encore atteint les serveurs de sauvegarde."

"Impossible", protesta l'archiviste. "Ces serveurs sont..."

"Mal protégés", coupa Bérengère. "Vous utilisez encore des protocoles de 2020. Quel amateur..."

Sur les écrans muraux, des fenêtres de code défilaient à toute vitesse. Sandra, toujours en liaison via leurs oreillettes, suivait l'opération depuis Paris.

"Je reçois les données", confirma-t-elle. "C'est... mon Dieu."

"Quoi ?" demanda Alexandre.

"Ce ne sont pas que des documents sur la corruption immobilière. Il y a des dossiers sur tous les membres influents de la société basque : juges, politiques, chefs d'entreprise... Des années de surveillance, de chantage..."

"L'Alliance ne laissait rien au hasard", commenta Bernard en faisant menotter les suspects.

"Attendez", dit Bérengère. "Il y a autre chose. Un dossier codé nommé 'Projet Odyssée'."

Elle lance un programme de décryptage. Les minutes s'égrenèrent dans le silence tendu de la salle souterraine, uniquement rompu par le bourdonnement des serveurs.

Soudain, les écrans s'éclairèrent. Des plans, des contrats, des photos satellites s'affichèrent.

"C'est pas vrai", murmura Alexandre impressionné.

Le Projet Odyssée était bien plus ambitieux que tout ce qu'ils avaient imaginé. Les plans montraient une transformation complète de la côte basque : des complexes résidentiels de luxe remplaçant les quartiers historiques, des marinas artificielles, des centres commerciaux gigantesques...

"Ils voulaient créer une nouvelle Riviera", dit Bérengère. "En effaçant sept siècles d'histoire."

"Les appareils auditifs n'étaient qu'un moyen parmi d'autres", comprit Alexandre. "Pour éliminer toute opposition."

Sandra interrompit leurs réflexions. "Une dépêche AFP vient de tomber. Le Premier ministre convoque une conférence de presse extraordinaire dans une heure."

"Il va essayer de sauver sa peau", dit Bernard.

"Trop tard", répondit Bérengère. "Regardez ça." Elle présenta un nouveau fichier. "Des enregistrements de réunions au sommet de l'État. Le Premier ministre, Bertrand Vieillecaze, était non seulement au courant, mais il supervisait personnellement certaines opérations."

Le responsable laissa échapper un rire quasi dément. "Vous ne comprenez pas. Ce n'est pas qu'une affaire de corruption. C'est une vision du monde. L'ancien doit faire place au nouveau."

"En tuant des innocents ?" demanda Alexandre. "En détruisant le patrimoine ?"

« Le progrès a un prix. Nous sommes des progressistes.»

"Alors c'est ça le progrès ? », intervint Bernard éberlué. "Emmenez-les."

Pendant que les policiers évacuaient les suspects, Bérengère continuait à explorer les serveurs.

"Il y a des connexions avec d'autres réseaux similaires en Europe", dit-elle. "Londres, Francfort, Milan... C'est un système international."

Alexandre s'approcha d'une vieille carte du Pays basque accrochée au mur. Elle datait du XVIIIe siècle, montrant une région encore préservée.

"Qu'est-ce qu'on fait maintenant ?" exigea-t-il.

Bérengère le rejoignit. "On continue. Cette pièce n'est qu'une partie du puzzle. Il y a d'autres serveurs, d'autres réseaux..."

"D'autres meurtres à empêcher", ajouta Sandra dans leurs oreillettes.

Un policier s'approcha de Bernard. "Monsieur, on a trouvé quelque chose d'autre. Une autre salle, encore plus profond dans les souterrains."

LES SENTINELLES DU TEMPLE

Les trombes d'eau qui s'abattaient transformaient les gargouilles du Château-Vieux en fontaines grimaçantes. Dans les profondeurs des souterrains, l'humidité suintait des murs millénaires, créant une atmosphère spectrale accentuée par l'écho des pas qui résonnaient sous les voûtes.

Bernard Trinquier guidait le groupe vers cette mystérieuse nouvelle salle, suivant un couloir qui s'enfonçait en spirale vers les entrailles de la forteresse. Alexandre remarqua que les pierres changeaient progressivement d'aspect : plus anciennes, plus massives, avec des symboles gravés qui n'appartenaient pas à l'architecture médiévale classique.

"Ces marques", murmura Bérengère en éclairant l'une d'elles avec sa lampe tactique. "On dirait des symboles templiers."

"Le Château-Vieux était effectivement une commanderie templière avant de devenir un palais de justice", confirma Bernard. "Mais cette partie des souterrains n'apparaît sur aucun plan officiel."

Dans leurs oreillettes, Sandra continuait à commenter l'actualité en temps réel.

"Le Premier ministre vient d'annuler sa conférence de presse. Son cabinet parle d'un 'malaise', mais mes sources affirment qu'il est en train de détruire des documents dans son bureau de Matignon."

"Trop tard pour lui", dit Bérengère, consultant son téléphone. "Les médias internationaux s'emparent de l'affaire. The Guardian, Der Spiegel, El País... Ils publient tous des articles sur le réseau Audio-S Technologies et les connexions politiques."

Ils arrivèrent devant une porte massive en chêne renforcé de fer forgé. Des symboles ésotériques étaient sculptés dans le bois, certains rappelant étrangement le logo moderne de L'Alliance Humaniste Universelle.

"Les experts en criminalistique ont relevé des empreintes fraîches", expliqua Bernard. "Cette porte a été utilisée récemment."

Deux policiers s'avancèrent avec un bélier hydraulique, mais Bérengère les arrêta.

"Attendez." Elle examina les symboles. "Ce n'est pas qu'une porte, c'est un mécanisme de protection. Les Templiers étaient des architectes futés."

Elle passa ses doigts sur les sculptures, en appuyant sur certains points précis dans un ordre particulier. Un déclic se fit entendre, suivi d'un grincement métallique.

"Comment as-tu su ?"demanda Alexandre, impressionné.

"Les mêmes symboles étaient dans les fichiers cryptés des serveurs. L'Alliance utilise encore les anciens codes templiers pour certaines de leurs communications."

La porte s'ouvrit sur une vaste salle circulaire qui semblait sortir d'un autre temps. Des colonnes massives soutenaient une voûte en étoile, et des torchères électriques imitant des flambeaux éclairaient les murs couverts de rayonnages. L'air était saturé d'une odeur de vieux papiers et de parchemins.

"Les archives secrètes de L'Alliance", souffla Bernard.

Des ordinateurs modernes côtoyaient des manuscrits anciens. Sur une grande table centrale, des documents étaient encore éparpillés, comme si quelqu'un avait été interrompu en plein travail.

"Ils compilaient des informations depuis des siècles", dit Bérengère en examinant les rayonnages. "Registres de membres, transactions financières, secrets de famille..."

Alexandre s'approcha de la table. Parmi les documents, une carte de la côte basque attira son attention. Des zones étaient marquées en rouge, d'autres en bleu.

"Le plan complet du Projet Odyssée", dit-il. "Regardez les dates : ils préparaient ça depuis vingt ans."

Bérengère, qui photographiait méthodiquement les documents avec son téléphone, s'arrêta soudainement.

"Ces noms..." Elle montra une liste manuscrite. "Ce ne sont pas que des politiques ou des hommes d'affaires locaux. Il y a des ministres étrangers, des banquiers internationaux, des industriels..."

"Un réseau d'influence à l'échelle européenne", compléta Sandra dans leurs oreillettes. "J'ai des appels de confrères du

Financial Times et du Wall Street Journal. Ils ont découvert des connexions avec des fonds d'investissement douteux à Londres et Francfort."

Sur un écran d'ordinateur encore allumé, des courriels récents étaient affichés. L'un d'eux, envoyé quelques heures plus tôt, attira leur attention :

"Protocole Omega activé. Nettoyage en cours. Les Sentinelles sont en route."

"Les Sentinelles ?" interrogea Alexandre.

Un bruit sourd résonna quelque part dans les souterrains, comme un mécanisme ancien se mettant en marche.

"Ce n'est pas bon signe", murmura Bérengère.

Le bruit se répéta, plus proche cette fois. Bernard ordonna immédiatement à ses hommes de sécuriser les différents accès à la salle.

"Sandra", dit Bérengère dans son micro, "cherche dans les fichiers qu'on t'a envoyés toute référence aux 'Sentinelles'."

Il y a eu un moment de silence, uniquement perturbé par le cliquetis des claviers.

"Je trouve plusieurs mentions", répondit enfin la journaliste. "Les Sentinelles semblent être une unité spéciale au sein de L'Alliance Humaniste Universelle. Des anciens militaires et agents de sécurité, tous membres de L'Ordre des Sept Etoiles."

"Des nettoyeurs professionnels", traduisit Alexandre.

Un nouveau grondement fit vibrer les murs. Des particules de poussière séculaire tombèrent de la voûte.

"Il y a autre chose", continua Sandra. "Les Sentinelles sont équipées d'une version militaire des appareils Audio-S. Plus puissante, plus létale."

"Et probablement protégés contre le piratage", ajouta Bérengère. "Je ne peux pas prendre le contrôle de leurs systèmes à distance."

Bernard parlait dans sa radio, coordonnant ses équipes. "Toutes les sorties sont bloquées. Ils ne peuvent pas..."

Une explosion sourde l'interrompit. De la fumée commença à s'infiltrer par les conduits d'aération.

"Gaz soporifique", cria Bernard. "Masques !"

Les policiers enfilèrent rapidement leurs masques à gaz. Alexandre et Bérengère reçurent les leurs des mains d'un agent.

"Il faut sauvegarder ces documents", dit Alexandre à travers son masque. "C'est la preuve de tout le système."

Bérengère connecta un disque dur externe à l'ordinateur central pendant que les autres commençaient à photographier frénétiquement les documents les plus importants.

À travers la fumée qui s'épaississait, des silhouettes en noir apparaissaient aux différentes entrées de la salle. Leurs masques high-tech leur donnaient une allure presque inhumaine de cyborgs.

"Les Sentinelles", murmura Bérengère.

Les premiers échanges de tirs éclatèrent, les balles ricochant sur les colonnes de pierre. Les policiers ripostaient méthodiquement, mais les Sentinelles avançaient avec une coordination impressionnante.

"Transfert à 67%", annonça Bérengère, accroupie derrière la table centrale.

Sandra confia : "Des hélicoptères non identifiés viennent de décoller de l'aéroport de Biarritz. Ils se dirigent vers Bayonne."

"Des renforts pour les Sentinelles", comprit Alexandre. "Combien de temps pour le transfert ?"

« Encore deux minutes. »

Une nouvelle explosion, plus proche, fit trembler la salle. Un pan de mur s'effondra, révélant un passage secret.

"D'autres arrivent par les tunnels !" cria Bernard.

Les Sentinelles convergeaient vers le centre de la salle, leurs mouvements parfaitement synchronisés. L'une d'elles lança un objet métallique qui roula jusqu'à la table.

"Grenade !"

Alexandre plongea, attrapant l'engin et le lançant dans un coin éloigné. L'explosion projeta des fragments de pierre dans toutes les directions dans un nuage de poussière.

"89%", dit Bérengère, protégeant son équipement.

Une des Sentinelles s'approcha suffisamment près pour qu'Alexandre arrive à distinguer son appareil auditif : un modèle qu'il n'avait jamais vu, plus sophistiqué que les versions civiles.

"Sandra !" cria Bérengère. "Dans les fichiers d'Audio-S, cherchez le prototype XK-20 !"

"Je l'ai ! C'est... attendez... Les appareils militaires fonctionnent sur une fréquence différente. Ils sont vulnérables aux ultra-basses fréquences !"

Bérengère sourit derrière son masque. "Les vieilles pierres vont nous servir..."

Elle sortit un boîtier de sa poche et le connecta à son ordinateur. Un son grave, à peine audible, commença à résonner dans la salle. Les vibrations faisaient trembler les colonnes millénaires.

Les Sentinelles ralentirent leur progression. Certaines portèrent les mains à leurs oreilles.

"La fréquence de résonance de la salle", expliqua Bérengère. "Amplifié par la géométrie templière. Ces bâtisseurs étaient des génies de l'acoustique."

"Transfert terminé !" hurla-t-elle en débranchant le disque dur.

À ce moment, des cordes descendirent par les ouvertures de la voûte. Des hommes en noir commencèrent à se laisser glisser dans la salle.

"On décroche !" ordonna Bernard. "Retour par le passage templier !"

Alexandre pensa « On se croirait dans le final d'un vieux James Bond... »

Sous la couverture des policiers, le groupe recula vers le tunnel secret révélé par l'explosion. Les Sentinelles, désorientées par les vibrations, peinaient à ajuster leurs tirs.

"Les hélicoptères seront là dans deux minutes", prévint Sandra.

"On sera loin", répondit Bérengère.

Le passage débouchait sur un tunnel étroit qui semblait plonger vers la Nive. L'eau ruisselait sur les parois, leurs pas résonnant sur la pierre humide.

"Ces tunnels servaient aux Templiers pour rejoindre leur port secret", expliqua Bernard alors qu'ils couraient. "Ils débouchèrent près des anciens quais."

Derrière eux, les bruits de combat s'estompaient progressivement, remplacés par le grondement sourd de la rivière qui se rapprochait.

L'air devenait plus frais à mesure qu'ils approchaient de la sortie. Le tunnel s'élargit soudain sur une crypte voûtée où des barques en bois étaient amarrées.

"Un ancien port souterrain", murmura Bérengère, admirative. "Les Templiers avaient pensé à tout."

"Et L'Alliance a maintenu le système en état", a ajouté Bernard en désignant des moteurs électriques modernes fixés aux embarcations.

Le bruit des hélicoptères résonnait maintenant au-dessus d'eux, faisant vibrer la voûte séculaire.

"Sandra, quelle est la situation en surface ?" demanda Alexandre tout en aidant Bérengère à monter dans une des barques.

"Le Premier ministre vient de démissionner", lança la journaliste. "Une cellule de crise se réunit à l'Élysée. Et j'ai une autre information : des mouvements suspects dans plusieurs banques européennes. Des comptes sont massivement vidés."

"Ils tentent de sauver leurs avoirs", dit Bérengère, qui avait sorti son ordinateur portable dès que la barque fut stable. "Mais j'ai piraté leur système de transfert. Chaque transaction est automatiquement signalée aux autorités financières."

Les moteurs électriques démarrèrent silencieusement, propulsant les embarcations sur les eaux noires. Des lampes LED intégrées aux parois du tunnel s'allumaient automatiquement à leur passage, révélant des fresques anciennes sur les murs :

chevaliers en armure, navires marchands, symboles ésotériques.
"Ces tunnels font partie d'un réseau qui s'étend sous toute la ville", expliqua Bernard. "Les Templiers les utilisaient pour leurs activités bancaires secrètes."
"Et L'Alliance a repris le flambeau", compléta Alexandre. "L'histoire se répète."
Un bruit d'explosion lointaine fit trembler le tunnel. Des morceaux de pierre tombèrent dans l'eau.

"Ils ont trouvé l'entrée du port", dit Bernard dans sa radio. "Équipe Delta, tenez la position haute. Équipe Gamma, préparez l'extraction côté Nive."
Bérengère, toujours concentrée sur son écran, eut soudain un sourire.
"Je viens d'accéder aux serveurs personnels de Candido. Vous ne devinerez jamais ce que j'ai trouvé."
"Dis toujours."
"Des enregistrements de réunions secrètes. Des vidéos compromettantes. Il gardait tout, comme une assurance-vie."
"Transmets tout à Sandra", ordonna Alexandre.
Le tunnel s'élargit encore, débouchant sur une vaste caverne naturelle. Des quais en pierre s'étendaient de part et d'autre, et une rampe montait en pente douce vers ce qui semblait être une trappe.
"On arrive sous les anciennes halles", dit Bernard. "Mes hommes nous attendent en surface."
Soudain, les lumières s'éteignirent. Dans l'obscurité totale, seul le clapotis de l'eau résonnait.
"Ils ont coupé l'alimentation", murmura Bérengère.
Des bruits de moteur se firent entendre derrière eux : d'autres barques.
"Les Sentinelles", dit Alexandre. Elles nous ont suivis."
Bernard distribua des lunettes de vision nocturne. Dans leur lumière verdâtre, ils virent trois embarcations qui se rapprochaient rapidement.

"Nous sommes presque arrivés", dit Bernard. "Encore cent mètres."

Des claquements secs, les tirs commencèrent, les balles ricochant sur l'eau et les murs. Les policiers ripostaient méthodiquement, pendant leur progression.

"Attendez", dit soudain Bérengère. "Les appareils auditifs des Sentinelles... Dans l'eau, les ultrasons se propagent différemment."

Elle tapota rapidement sur son clavier. Un son grave, presque inaudible, commença à résonner dans la caverne. L'eau se mit à vibrer.

Les tirs des poursuivants devinrent erratiques. Dans la lumière verte des lunettes de vision nocturne, ils voyaient les Sentinelles vaciller, désorientées par les ondes sonores amplifiées par l'eau.

"Attention à vous !" prévint Bernard alors que leurs barques touchaient le quai.

Ils grimpèrent rapidement la rampe pendant que les derniers policiers couvraient leur retraite. Au-dessus de leurs têtes, la trappe s'ouvrit, laissant entrer la lumière des projecteurs.

"Police ! Périmètre sécurisé ! Identifiez-vous." cria une voix.

Ils émergèrent dans une grotte des halles de Bayonne.

"Les documents ?" demanda Alexandre à Bérengère.

"Tout est sauvegardé. Et déjà en train d'être analysé par les services spécialisés."

Sandra intervint dans leurs oreillettes : "Les premières arrestations ont commencé à Paris et dans toute l'Europe. Des juges, des politiques, des banquiers... Le réseau s'effondre."

À l'extérieur, les hélicoptères de la police nationale prenaient le relais des appareils non identifiés, qui s'éloignaient rapidement vers l'océan.

LE DERNIER SERVICE

Trois jours après les événements de Bayonne, le TGV filait vers Paris. Alexandre et Bérengère occupaient un compartiment de première classe, leurs ordinateurs ouverts sur la table entre eux. Sur leurs écrans défilaient les dernières nouvelles : la presse internationale qualifiait l'affaire Audio-S de "plus grand scandale politique français depuis l'affaire Carburants de France et du sang contaminé.".

Bérengère s'exclama. "Trois cents arrestations dans toute l'Europe. Des ministres démissionnent en Allemagne et en Italie. La City de Londres est en pleine panique."

"Et les comptes offshore ?" demanda Alexandre.

Bérengère afficha une série de graphiques. "Plus de quinze milliards d'euros gelés. La Banque Helvétique du Commerce est mise sous tutelle. Mais..."

"Mais ?"

"Il manque quelque chose. Les documents des archives templières mentionnant un dernier compte, le plus important. Une réserve stratégique de L'Alliance."

"Codée sous quel nom ?"

"'Le Trésor des Templiers'." Elle sourit à l'ironie du titre. "Très théâtral, mais impossible à tracer."

Le train traversait la Beauce, ses champs dorés s'étendaient à perte de vue sous les nuages menaçants. Maintenon et son beau château, dans la vallée de l'Eure, n'étaient pas loin.

"J'ai analysé les derniers courriels de Candido intervint Bérengère. "Il devait rencontrer quelqu'un ce soir, Chez Camet. Un certain 'Gardien du Trésor'."

"Le restaurant basque de la rue de Provence ?" Alexandre se redressa. "Patxi ne m'a jamais parlé d'activités suspectes dans son établissement."

"Peut-être qu'il n'est pas au courant", suggéra Bérengère. "Le restaurant pourrait être utilisé comme lieu de rendez-vous à l'insu...de son plein gré, comme aurait dit un coureur cycliste pris la main dans le sac du dopage." pouffa-t-elle.

Elle pianota. "J'ai piraté les caméras de surveillance du quartier. Depuis une semaine, des hommes suspects surveillent le restaurant. Des Sentinelles, probablement."

"Elles attendent leur 'Gardien'", murmura Alexandre. "Qui a réservé pour ce soir ?"

Sandra consulta une liste. "Vingt-trois couverts au total. Dont une table pour quatre au nom de... tiens, c'est intéressant. François de Montalembert."

"Le président de la Fondation Nouvelle Lumière ?"

"Et membre éminent de L'Ordre des Sept Etoiles et du GITE. Il n'a pas été inquiété jusqu'ici, faute de preuves."

Le téléphone d'Alexandre vibra : Bernard Trinquier.

"On a du nouveau sur les appareils auditifs militaires", précisa le policier. "Les Sentinelles utilisent un système de contrôle différent, basé sur des fréquences quantiques. Impossible à pirater avec les méthodes habituelles."

Bérengère eut un sourire énigmatique. "Peut-être pas si impossible que ça. J'ai développé quelque chose depuis Bayonne."

Elle ouvrit un programme complexe sur son écran. "Les appareils militaires ont une faille : leur sophistication même les rend vulnérables aux interactions harmoniques."

"En français, ça signifie ?" demanda Alexandre impatient.

"Je peux créer une résonance qui transformera leurs propres protections en arme contre eux. Mais il faut être près d'eux pour que ça fonctionne."

Le train entra en région parisienne. La pluie commençait à tambouriner contre les vitres.

Sandra envoya un message. "Mes sources au ministère de l'Intérieur confirment : Montalembert a retiré dix millions en liquide ce matin dans une banque du 8ème arrondissement."

"Le dernier transfert avant de disparaître", dit Alexandre. "Ce soir, c'est sa dernière chance de récupérer le Trésor des Templiers avant que tout s'écroule."

"J'ai prévenu Bernard", ajouta Sandra. "Il prépare une intervention discrète et musclée."

Bérengère ferma son ordinateur. "On aura besoin d'une couverture pour entrer dans le restaurant sans éveiller les soupçons."
Alexandre sourit. "J'ai peut-être une idée. Patxi me doit un service..."
Le soir tombait sur Paris quand ils arrivèrent rue de Provence. Le restaurant Chez Camet brillait sous la pluie, ses fenêtres à petits carreaux diffusant une lumière chaleureuse. L'odeur des chipirons à l'encre s'échappait par la porte entrée.
Alexandre repéra immédiatement les Sentinelles : deux hommes en costume sombre, type culturistes, près d'un kiosque à journaux, un autre faisant semblant de téléphoner sous un auvent. Leurs appareils auditifs militaires brillaient faiblement dans la pénombre.
"J'en compte cinq autres dans les rues adjacentes", murmura Bérengère dans son oreillette. Elle était installée dans un camionnette de surveillance deux rues plus loin, avec son matériel informatique. "Et deux voitures banalisées en position d'extraction rapide."
Sandra, qui les suivait via les caméras de surveillance piratées, confirma : "Les hommes de Bernard sont en place aussi. Équipes d'intervention à trois minutes."
Alexandre rajusta sa veste de chef cuisinier. Le plan était simple : Patxi l'avait présenté comme un spécialiste basque venu renforcer l'équipe pour la soirée.
"Table 7, près de la cheminée", précisa Sandra. "Montalembert vient d'arriver avec trois hommes."
À travers la vitrine, Alexandre pouvait voir le président de la Fondation Nouvelle Lumière : un homme racé d'une soixantaine d'années, cheveux argentés et costume sur mesure venant de Savile Row, à Londres, dans le quartier de Mayfair., une rue mondialement connue des hommes élégants...et fortunés ! Un appareil auditif Audio-S dernière génération brillait à son oreille.
"Il porte le modèle XK-25", note Bérengère. "Encore plus sophistiqué que ceux des Sentinelles."

Alexandre entra par la porte de service. Dans la cuisine en effervescence, Patxi l'accueillit avec une accolade théâtrale qui masquait leur conversation.
"La cave est sécurisée", murmura le restaurateur. "Mes vrais cuisiniers et Maddi sont partis il y a une heure. Il ne reste que du personnel de confiance."
"Des mouvements suspects ?"
"Un des hommes de Montalembert est descendu vérifier quelque chose il y a dix minutes. Et ils ont commandé la txuleta spéciale."
"La txuleta n'est pas à la carte ce soir."
"Exactement. C'est un code."
Dans la salle, l'ambiance était feutrée. Le sommelier servit un Irouléguy rouge à la table de Montalembert. Les conversations se mêlaient aux sons d'une chanson basque de Benito Lertxundi, le chanteur régional le plus connu, diffusée en sourdine.
"Des mouvements dans la rue", alerta Sandra. "Une Mercedes noire vient de s'arrêter. Deux hommes en descendent... Attendez. Je reconnais l'un d'eux."
"Qui ?"
"L'ancien ministre de la Justice. Celui qui a démissionné après le scandale."
Alexandre, depuis son poste d'observation dans la cuisine, a vu les nouveaux arrivants rejoindre la table de Montalembert. Les salutations furent discrètes, presque imperceptibles.
"Bérengère, tu peux capter leur conversation ?"
"J'essaie, mais ils ont un brouilleur. Attends... Je peux peut-être..." Ses doigts dansèrent sur le clavier. "Voilà. J'utilise leurs propres appareils auditifs comme micros."
La voix de Montalembert grésilla dans leurs oreillettes : "...les derniers transferts sont prêts. Le Trésor sera sécurisé avant minuit."
"Les autres membres du conseil ?" demanda l'ancien ministre.
"En route pour Dubaï et Singapour. Une fois le transfert effectué, L'Alliance pourra se reconstruire. Nous avons survécu à la

Révolution française depuis plus de deux cents ans, nous survivrons à cela."

"Du Domaine Brana 1989", indiqua Bérengère qui avait piraté le système de réservation du restaurant. "Une bouteille à 2000 euros... qui n'est pas dans la cave."

"Une clé USB déguisée en bouteille ?" suggéra Sandra, amusée.

"Ou les codes d'accès au Trésor", ajouta Alexandre.

Le serveur déboucha cérémonieusement la bouteille. Montalembert examina le bouchon avec attention, comme s'il y cherchait une information olfactive.

"J'ai quelque chose", dit soudain Bérengère. "Un signal informatique puissant émis depuis... la cave."

"Les fondations du bâtiment sont anciennes", dit Patxi qui écoutait la conversation. "Elles datent du XVIIIe siècle. Les caves communiquent avec des souterrains. Mais je ne m'y suis jamais aventuré, de crainte d'un affaissement."

"Comme à Bayonne", murmura Alexandre. "Les Templiers avaient aussi un réseau à Paris."

Un nouveau client entra dans le restaurant. Grand, portant beau. Les hommes de Montalembert se levèrent à son arrivée.

"Henri de Saint-Simon", souffla Sandra. "Ancien gouverneur de la Banque de France. On le soupçonne d'être le véritable Grand Maître de L'Alliance."

"Il porte le même modèle d'appareil auditif que Montalembert", nota Bérengère. "Je peux peut-être..."

Elle fut interrompue par une alarme sur son système.

"Les transferts s'accélèrent ! Des milliards quittent des comptes en Suisse, au Luxembourg, à Monaco..."

"C'est le moment", dit Alexandre. Il fit un signe à Patxi qui hocha la tête.

Le restaurateur s'approcha de la table de Montalembert avec une bouteille de digestif.

"Messieurs, notre nouveau patxaran, directement importé de Navarre..."

Ce dérivatif donna l'occasion à Alexandre de se glisser vers la porte de la cave. Au moment où il l'atteignit, il entendit Bérengère dans son oreillette :

"Attention ! Les Sentinelles bougent !"

L'escalier de la cave plongeait dans une obscurité moite. Alexandre descendit silencieusement les marches de pierre usées, guidé par la faible lueur de son téléphone. L'odeur de vin et de terre se mêlait à quelque chose de plus inhabituel : une légère odeur d'ozone, comme du matériel électronique en surchauffe.

"Six Sentinelles viennent d'entrer dans le restaurant", murmura Bérengère dans son oreillette. "Deux autres surveillent la sortie de secours. Le Grand Maître a donné un signal avec son appareil auditif."

"Les équipes de Bernard ?" chuchota Alexandre.

"En position, mais elles attendent qu'on localise le Trésor. Sans preuves matérielles..."

Il atteignit le fond de la cave. Des casiers de vin s'alignaient contre les murs centenaires, mais quelque chose clochait dans leur disposition.

"Sandra, tu peux comparer le plan original de la grotte avec ce que tu vois sur les caméras thermiques ?"

"Il y a une anomalie", répondit la journaliste. "Un espace vide derrière le mur est. Et... une forte signature électromagnétique."

En haut, la voix de Saint-Simon résonnait faiblement : "Le moment est venu, mes frères. Des siècles de préparation aboutissent à cette nuit."

Alexandre examina le mur suspect. Les pierres semblent anciennes, mais...

"Bérengère, tu peux scanner la zone ?"

"Je détecte un système électronique sophistiqué. Le mur est une façade. Derrière... c'est bizarre. On dirait une sorte de chambre forte high-tech dissimulée dans les fondations médiévales."

Des pas dans l'escalier. Alexandre se dissimula derrière une rangée de casiers. Deux hommes descendirent, dont l'un portait une mallette métallique.

"Le système est prêt. Une fois les codes saisis, le transfert sera instantané."

"Et indétectable. Même cette hackeuse, qui nous a causé tant de problèmes à Bayonne, ne pourra rien faire."

Ils s'approchèrent du mur, manipulant ce qui semblait être des bouteilles précises dans un ordre particulier. Un déclic se fit entendre, et une section du mur pivota silencieusement.

"Les relevés s'affolent", murmura Bérengère. "La puissance électrique consommée est énorme."

La chambre forte était un surprenant mélange d'ancien et de moderne. Des serveurs informatiques de dernière génération côtoyaient des coffres anciens. Sur les murs, des symboles templiers gravés dans la pierre contrastaient avec des écrans tactiles.

"Le Trésor des Templiers version 2.0", souffla Sandra.

Les deux hommes commencèrent à initialiser les systèmes. Des lumières bleues s'allumèrent le long des murs, révélant l'ampleur de l'installation.

"Alexandre", dit soudain Bérengère, "ils activent un système de transfert quantique. C'est pour ça qu'ils avaient besoin de tant d'énergie. Une fois lancé, l'argent sera impossible à tracer."

En haut, du mouvement. La voix de Patxi, inhabituellement forte : "Messieurs, puis-je vous suggérer notre sélection de fromages de brebis ?"

C'était le signal convenu. Alexandre sortit de sa cachette au moment où les deux hommes entraient les derniers codes.

"Police ! Écartez-vous des consoles !"

Les hommes se retournèrent, surpris. Le premier dégaina une arme, un pistolet automatique Glock 26, calibre 9.19 mm, mais Alexandre fut plus rapide. Une brève lutte s'ensuivit, des bouteilles se brisèrent.

"Les Sentinelles !" cria Sandra.

"J'ai presque le contrôle de leurs appareils", dit Bérengère. "Encore quelques secondes..."

Des pas résonnaient dans l'escalier. Alexandre maîtrisa le second homme lorsque la première Sentinelle apparut à l'entrée de la grotte.

"Maintenant !" cria Bérengère.

Un sifflement aigu emplit l'espace. Les Sentinelles chancelèrent, leurs appareils auditifs militaires transformés en armes contre eux.

"Équipes d'intervention, action !" ordonna la voix de Bernard.

Le chaos se déchaîna dans le restaurant. Les équipes d'intervention de Bernard déboulèrent par toutes les entrées alors que les Sentinelles, désorientées par leurs appareils auditifs piratés, tentaient de riposter. Des clients hurlaient, des tables se renversaient.

Dans la chambre forte souterraine, Alexandre neutralisa les deux hommes quand Saint-Simon lui-même descendit l'escalier, suivi de Montalembert.

"Impressionnant, et alors ?", dit le Grand Maître avec un calme déconcertant. "Vous arrivez trop tard."

Il mit sa main dans la poche de sa veste. "Le transfert est déjà programmé. Dans trente secondes, le Trésor des Templiers sera dispersé à travers mille comptes fantômes."

"Bérengère ?" murmura Alexandre.

"Je ne peux pas l'arrêter à distance", répondit-elle, frustrée. "Le système est isolé. Il faut détruire physiquement les serveurs."

"Et déclencher les alarmes ?" ricana Saint-Simon. "La moindre tentative de sabotage effacera toutes les données. Des siècles d'histoire, évanouis."

Au-dessus d'eux, la bataille faisait rage. Les équipes de Bernard affrontaient les dernières Sentinelles encore debout.

"Vous ne comprenez pas", poursuit Saint-Simon. "L'Alliance a survécu à tout : révolutions, guerres, scandales... Nous nous adaptons, nous évoluons. Les appareils Audio-S n'étaient qu'un outil parmi d'autres."

"Pour assassiner des innocents ?" demanda Alexandre.

"Pour maintenir l'ordre. Le véritable ordre, celui du progressisme." Il consulta sa montre. "Plus que quinze secondes."

Soudain, la voix de Sandra retentit dans l'oreillette : "Les plans ! Alexandre, regarde les plans sur les murs !"

Il leva les yeux. Parmi les symboles templiers, un motif revenait : des lignes entrecroisées, comme un plan de réseau.

"Les tunnels", souffla-t-il. "Comme à Bayonne..."

"Exact", confirma Bérengère. "Les souterrains forment un circuit... qui amplifie les ondes !"

"Dix secondes", prévint Saint-Simon.

Alexandre dégagea brusquement une tapisserie, révélant d'autres symboles gravés.

"Les Templiers n'étaient pas que des banquiers", dit-il. "C'étaient aussi des architectes, on l'a vu. Des maîtres de l'acoustique."

Il frappa la pierre à des endroits précis, suivant le motif. Un son grave commença à résonner, amplifié par la géométrie de la pièce.

"Qu'est-ce que..." Saint-Simon porta la main à son appareil auditif.

"La fréquence de résonance naturelle", expliqua Bérengère dans l'oreillette. "Les tunnels agissent comme un amplificateur géant !"

Les serveurs se mirent à vibrer. Des alarmes s'allumèrent sur les consoles.

"Non !" cria Montalembert en se précipitant vers les écrans. "Le système de refroidissement est perturbé !"

"Cinq secondes avant le transfert", dit Saint-Simon, mais sa voix tremblait. Son appareil auditif commençait à émettre un sifflement aigu.

"Maintenant !" jeta Bérengère.

Alexandre frappa une dernière pierre. Le son devenait assourdissant. Les appareils auditifs de Saint-Simon et Montalembert explosèrent littéralement, les faisant s'effondrer.

Les serveurs surchauffèrent en cascade, leurs circuits grillés par la résonance. Des étincelles jaillirent des consoles.

Bernard et ses hommes déboulèrent dans la chambre forte au moment où les derniers systèmes rendaient l'âme.

"Zone sécurisée !" annonça le policier. "Les Sentinelles sont maîtrisées."

"Le Trésor ?" demanda Alexandre.

Bérengère apparut dans l'escalier, son ordinateur à la main. "Bloqué. J'ai réussi à figer les transferts au dernier moment. Tout est conservé dans les serveurs de la Brigade Financière."

Sandra les rejoignit, son téléphone encore à la main. "C'est en train d'exploser dans les médias. Les premières perquisitions ont commencé dans toute l'Europe. Des arrestations en masse..."

Patxi descendit à son tour, l'air soulagé et portant un plateau avec des verres et une bouteille.

"Je crois qu'on a tous besoin d'un bon verre de vin", dit-il avec un sourire. "La maison offre la tournée !"

Plus tard, alors que les policiers scientifiques passaient la chambre forte au peigne fin, Alexandre et Bérengère remontèrent dans le restaurant déserté. Les dégâts étaient importants, témoignant de la bataille qui s'y était déroulée.

SIX MOIS APRÈS LES ÉVÉNEMENTS DE *CHEZ CAMET*

Le soleil d'hiver se couchait sur la baie de Saint-Jean-de-Luz, teintant l'océan de reflets dorés. Sur la terrasse du restaurant Chez Mattin, avec vue sur le port, Alexandre et Bérengère partageaient un dernier repas en compagnie de Sandra, Bernard et Maxime, descendus tout exprès de Paris. La soupe de poisson traditionnelle fumait dans leurs assiettes, ses arômes se mêlant à l'air marin.

"La dernière des Sentinelles a été arrêtée ce matin à Dubaï", annonça Bernard en levant son verre. "L'organisation est définitivement démantelée et ça m'a valu d'être nommé directeur du cabinet du nouveau ministre de l'Intérieur, Mathieu Valois."

Maxime rebondit « Bernard, tous les responsables commanditaires ont été arrêtés il y a six mois. Fort bien, mais ... les assassins courent toujours.»

« LES ASSASSINS ?? Mais il n'y a qu' UN ASSASSIN Maxime !!»
« Comment ça ? Vous plaisantez. »

« Eh non, ça a été très ingénieux de la part de L'Ordre des Sept Etoiles. Le SEUL tueur physique dans ce complot était le collaborateur de Candido, William Spenguero. Il pilotait directement tous les meurtres à partir de sa tablette. Avec un seul exécutant, le risque de fuites était quasi impossible. Je vous rassure, Maxime, OUI, Spenguero a été arrêté à Rome il y a deux semaines, et comme les autres il a tout déballé. En parlant d'assassins, je dois vous préciser qu'après l'exhumation des défunts de la Loge, les autopsies ont révélé que leur cerveau était grillé. Les pauvres, les appareils auditifs auront eu un rôle diabolique mais sacrément efficace dans cette histoire. »

« Le dernier mot sera à la justice, Bernard, qui libérera ce tueur dans trois ou quatre ans, en excipant de sa jeunesse *malheureuse* ou de son *mauvais départ dans la vie*... Vous, les policiers, vous faites votre travail et la magistrature idéologisée lâchera ce fauve au sein de la population, l'esprit serein sur le fait qu'il aura de bonnes chances de *réinsertion dans le tissu social*, selon elle.» soupira-t-il bruyamment.

Bérengère lança à la cantonade « Pourquoi, dans ce si vaste complot, L'Ordre des Sept Etoiles avait-il besoin de percevoir le capital décès dont il était bénéficiaire exclusif ? Ça semble mesquin, voire petit bras ce procédé, à côté des milliards en jeu, non ? »

Bernard se fit un plaisir de répondre à Bérengère.

« Tout simplement, parce que la recherche technologique permanente pour les appareils auditifs spéciaux est un puits sans fond sur le plan financier, un gouffre. C'est la méthode japonaise *kaizen*, l'amélioration continue, qui pousse à ça. Toute somme est bonne à prendre, selon le principe que les petits ruisseaux font les grandes rivières. L'assurance était pour L'Ordre un moyen habile et prévu pour être discret. Pas de chance dans ce cas... En termes d'ampleur, c'est le trou de notre Sécu nationale à combler, le tonneau des Danaïdes. »

« C'est plus clair pour moi, merci Bernard. »

Sandra consulta ses notes sur sa tablette et attira l'attention. "Le bilan est impressionnant : huit ministres européens démis, douze P-DG du CAC 40 en examen, la moitié des cadres de la City de Londres sous enquête..."

"Et le Trésor des Templiers ?" demanda Alexandre.

"Vingt-trois milliards d'euros récupérés", répondit Bérengère. "La plus grande saisie d'actifs criminels de l'Histoire. Une partie va servir à indemniser les familles des victimes des appareils Audio-S.

La serveuse leur apporta le plat principal. La cuisine basque traditionnelle avait pris une nouvelle signification pour eux depuis l'affaire.

"Audio-S a été anéantie", poursuivit Sandra. "Les brevets des appareils auditifs ont été transférés à un consortium de laboratoires publics. Plus jamais cette technologie ne servira d'arme."

"Et Candido ?" demanda Alexandre.

"Toujours en soins intensifs", répondit Bernard. "Les médecins disent qu'il ne retrouvera jamais l'ouïe, ni totalement la raison. Une certaine justice immanente..."

Bérengère posa sa tablette sur la table. "Le nouveau service de cybersécurité de la Protection Financière Française est

opérationnel. On a déjà détecté trois tentatives de réactivation de réseaux dormants de l'Alliance."
"Des nostalgiques ?" suggéra Alexandre.
"Plutôt des opportunistes. Le vide laissé par l'Alliance attire les ambitieux. Mais cette fois, on les surveille. Nous ne sommes pas près de nous reposer."
Maxime en profita pour annoncer une nouvelle « Notre société a reçu le titre d'Entreprise Citoyenne de l'Année ! Un grand honneur , une fierté et une sacrée publicité gratuite... Alexandre et Bérengère, je ne vous oublierai pas pour les primes de résultats. » Tous s'esclaffèrent en même temps, connaissant le côté habituellement *économe* de Maxime Caron.
La conversation fut interrompue par l'arrivée de Patxi, qui avait fait le déplacement depuis Paris lui aussi.
"J'ai une nouvelle à mon tour.", triompha-t-il en s'asseyant. "Le guide Michelin vient de me donner une étoile. La première pour un restaurant basque à Paris."
"Il faut arroser ça !" dit Bernard en commandant une bonne bouteille.
« C'est pour moi. » rétorqua Maxime, décidément prodigue ce jour-là.
"Et les projets immobiliers du GITE ?" demanda Alexandre.
Sandra sourit. "Tous annulés. Les remparts de Bayonne sont maintenant classés au patrimoine mondial de l'UNESCO. Plus personne n'y touchera."
Le soleil avait presque disparu derrière l'océan, illuminant la baie d'une dernière lueur spectaculaire. Sur les falaises, les villas basques traditionnelles se détachaient contre le ciel pourpre.
« Henri de Saint-Simon et Montalembert ont commencé à parler en prison », indiqua Bernard tout en savourant son merlu. "Ils révèlent l'histoire complète de L'Alliance. Ça remonte avant la Révolution française, quand les Templiers modernes ont commencé à infiltrer les anciennes et nouvelles institutions."
"J'ai récupéré leurs archives complètes", ajouta Bérengère. "Des siècles de manipulations financières, de chantage

politique... J'écris un algorithme pour tracer tous leurs investissements cachés."

"Le nouveau gouvernement a créé une commission spéciale", dit Sandra. " Au passage, réjouissez-vous pour moi, car mon article sur l'affaire m'a valu le prix Albert Londres. Mais le plus important..." elle sortit un dossier de sa sacoche. "Regardez ce que mes sources au ministère de l'Intérieur m'ont transmis."

Le document détaillait un vaste réseau européen, similaire à L'Alliance, mais basé à Vienne.

"L'Ordre de la Rose-Croix Moderne", lut Alexandre. "Ils utilisent des technologies de surveillance encore plus avancées qu'Audio-S. On n' en sortira jamais de ces malfaisants. C'est l'Hydre de Lerne. Serons-nous le nouvel Héraclès pour couper ses têtes ?"

« Héraclès ? » interrogea Bérengère. »

« Hercule, si tu préfères en latin. »

"Et ils recrutent d'anciens membres de l'Alliance", précisa Sandra.

Bérengère prit la main d'Alexandre sous la table. Leur relation, née dans la tempête de l'enquête, s'était approfondie ces derniers temps. Elle avait quitté définitivement son poste à Paris, qu'elle occupait à distance depuis Bayonne, pour diriger la nouvelle division cybersécurité de l'entreprise, où Alexandre supervisait désormais l'antenne régionale de la Protection Financière Française.

"Dans les archives templières, il y avait des références à un 'Projet Lazare'. Quelqu'un a choisi plus ancien que le Projet Thanatos." dit Alexandre.

Un silence pensif s'installa autour de la table.

"Le Projet Lazare", murmura Bérengère. "J'ai trouvé des fragments de code qui y font référence. Quelqu'un a procédé à la résurrection numérique des sociétés secrètes."

Le serveur proposa le dessert : gâteau à la cerise noire, accompagné d'un vieux Pacherenc du Vic-Bilh. La nuit était maintenant tombée sur Saint-Jean-de-Luz, les lumières du port se reflétant dans les eaux calmes de la baie.

"La semaine dernière", se manifesta Sandra, "une source au Vatican m'a parlé d'archives secrètes mentionnant le même projet. Apparemment, certains cardinaux s'inquiètent d'activités inhabituelles dans les cryptes de vieilles commanderies templières à travers l'Europe ".

"Des mouvements financiers suspects ont été repérés", ajouta Bernard. "Des fonds dormant depuis des siècles qui commencent à se réactiver. Comme si quelque chose se réveillait."

Alexandre observa les bateaux de pêche qui rentraient au port, leurs lumières dansant sur l'eau noire.

"L'Alliance Humaniste Universelle n'était peut-être qu'une branche d'un arbre beaucoup plus ancien", dit-il.

Bérengère sortit son ordinateur portable. "Regardez ce que j'ai intercepté hier."

Elle montra un message crypté : "Quand les tours tomberont, L'Ordre renaîtra. Lazare attend son heure."

"C'est signé avec un sceau numérique que je n'avais jamais vu avant", expliqua-t-elle. "Quelque chose de totalement nouveau... ou d'extrêmement ancien."

Patxi, qui était resté silencieux, prit la parole : "Dans les vieilles légendes basques, on parle de gardiens qui veillent sur des secrets enfouis dans nos montagnes. Les anciens disaient que certaines grottes cachent des vérités qui ne devraient jamais remonter à la surface. "

Le vent du large s'était levé, apportant avec lui l'odeur de l'océan et le son lointain des vagues. Dans le ciel, les nuages dévoilaient par instants une lune presque pleine.

"Alors", dit Alexandre en serrant Bérengère, "on dirait que notre prochaine enquête nous attend déjà. Nous ne sommes pas près de lâcher prise, que nenni."

"Cette fois", sourit-elle, "nous serons prêts."

Sandra leva son verre. "À l'équipe que nous formons tous !"

"À l'équipe !", répondirent-ils en chœur.

Au loin, les cloches de l'église Saint-Jean-Baptiste sonnèrent minuit.

Remerciements

À mon épouse Kerstin, à ma famille et à mes amis pour leur soutien, leurs remarques et leurs conseils pertinents.